"在新疆"丛书
· 第一辑 ·
——散文集——
张映姝 主编

没有长大的山

毕亮 著

新疆人民出版社
（新疆少数民族出版基地）
新疆人民卫生出版社

图书在版编目(CIP)数据

没有长大的山 / 毕亮著. -- 乌鲁木齐：新疆人民出版社(新疆少数民族出版基地)：新疆人民卫生出版社, 2024. 12. -- ("在新疆"丛书 / 张映姝主编).
ISBN 978-7-228-21417-4

Ⅰ. I267

中国国家版本馆CIP数据核字第2024LL2564号

没有长大的山
MEIYOU ZHANGDA DE SHAN

出 版 人	李翠玲		
策 划	宋江莉	出版统筹	宋江莉
责任编辑	杨 利	装帧设计	舒 娜
责任校对	乌云高娃	责任技术编辑	杨 爽
绘 图	王志强		

出 版	新疆人民出版社（新疆少数民族出版基地）
	新疆人民卫生出版社
地 址	乌鲁木齐市解放南路348号
邮 编	830001
电 话	0991-2825887(总编室) 0991-2837939(营销发行部)
制 作	乌鲁木齐捷迅彩艺有限责任公司
印 刷	北京富诚彩色印刷有限公司

开 本	880mm×1230mm 1/32
印 张	7.75
字 数	170千字
版 次	2024年12月第1版
印 次	2025年1月第1次印刷
定 价	50.00元

版权专有，侵权必究。如有质量问题，请与营销发行部联系调换。

序

新疆是我们博大的故乡。它的博大不仅体现在山川、河流、沙漠、戈壁、绿洲，还体现在生活在这里的五十六个民族以及多元一体的文化形态。

新疆，是多民族共居的美好家园。生活在这里的各族儿女密切交往、相互依存、休戚与共。在中华文明怀抱中孕育的新疆各民族文化包容互鉴，共同成为多元一体中华文化的一部分。

在新疆，普普通通的一场雪，会落在不同的语言里。每个阳光明媚的早晨，"太阳"这个词会在这些语言里发光。人们用许多种语言在述说我们共同生活的地方。这正是新疆的丰富与博大。

每个人都有自己的家乡。家乡可以是一个很大的地方，也可以是我们心里默念的一个小小的地名。有时候家乡可能就是我们小时候生活的一个地方，当我们越来越远地离开家乡的时候，这个地方就变成了一个地名。但是，往往是那些细小的家乡之物，承载了我们对家乡所有的思念，比如家乡的一种非常简易的餐食。我每次到外地超过三天就会怀念拌面。

当人们热爱自己家乡的时候，想念自己家乡的时候，文学是我们表达以及读懂家乡的途径。我认为文学是不分民族的，作家面对的是在这块土地上共同生活的不同民族，当我们用文学来呈现这块土地上各民族人民共同的生活的时候，我们面对的是人的心灵。

那些远处的生活是看不见的，只有文学能呈现这块大地深处的脉搏，只有文学在叙述这块土地上人们共有的情感。每个人生活中的悲欢离合、快乐忧伤，一起汇聚出这块土地上人们共同的命运和共同的情感。

各民族共同生活，大家的情感交融在一起，这可能就是新疆文学最大的魅力。新疆文学给我们提供了一个多民族和睦生活的样板。用不同的语言表述一件事，用同一种语言描述不同的生活，这就是新疆文学作品的精华所在。

新疆的自然风光、传说故事、地域风情等先天具有文学气质的素材，容易孕育出各民族的众多写作者，也引起了无数读者的阅读关注，使当代新疆文学成为具有独特地域内涵和文化内涵的审美对象。

各族作家们用全部身心去发现和感受新疆日常生活的温度与深度，坚守家园热爱和文学梦想，以其独具特色的文化风貌与美学意蕴，记录和呈现各族人民的生活、梦想与奋斗。

此次推出"在新疆"丛书，是铸牢中华民族共同体意识的一次文学出版实践，通过各民族作家的文字，把新疆这块土地上各族人民共同的生活呈现给新疆的读者，呈现

序

给全国的读者,用文学观照人心,用文学观照生活。希望读者多看新疆作家的书,因为从他们的文学作品中,可以读到熟悉的土地,熟悉的山川、河流,读到发生在身边的故事,或者发生在不远处的历史中的故事。除此之外,借此机会,我们还向读者推介已经在新疆文学界乃至全国文学界成绩斐然、广有影响的各族中青年作家,他们如天上点点繁星,照亮文学的星空。

我们想把新疆最好的文学献给读者,把优秀的作家介绍给读者,希望读者喜欢。

2024 年 11 月

目 录

第一辑　天山以北

腾　云　003

时光之门　007

湖　畔　012

没有长大的山　018

白杨城记　025

湟渠记　029

芳　香　035

桑葚才肥杏又黄　039

可克达拉改变了模样　044

那拉提记　048

夏塔记　052

昭苏记　058

草原的教诲　065

第二辑　远山水长

　　年华此日同　069

　　火候未到　073

　　以　往　080

　　银杏三段　085

　　立秋随笔　089

　　一路上的雪　093

　　火　炉　096

　　巷里旧人　099

　　草木有真意　106

　　瞬　间　120

第三辑　青山依旧

　　月到风来　131

　　打开一扇门　143

　　书中日月长　160

　　原来,他那么好　170

　　青山依旧　181

　　古风的美质　188

　　青山万里看　199

　　读着孙犁老去　208

　　黄卷青灯　212

目 录

花开两朵　215

书中安身心　219

孙犁的文论　225

记读孙犁　229

后　记　237

第一辑 天山以北

第一辑 天山以北

腾　云

　　当我站在额尔齐斯河支流的岸边，身后是林带，树木高耸入云，树下灌木密集，但是挡不住大片大片云的移动。云的移动在此时是肉眼可见的。身前是宽广辽阔的河流，河水汤汤，两岸裸露出的河床里的石头黝黑反光。

　　在水面之上，镶着洁白洁白的云朵。此时，恕我只能想起"洁白"这个词。这个一直用在作文里的词，已有多年未曾亲近。站在额尔齐斯河支流的岸边，我再一次想到一个过去熟悉的词语，像是故人相逢在他乡。他乡遇故知，是好的。又想起了"浮云蔽白日，游子不顾返"。在此，浮云虽密集，白日依旧当空，一群游子顾不得返回，在白云之下仰望树梢，分辨是属于桦树的还是青杨的。树梢之上，是更高的树梢和更高的云层。走在丛林，即便有雨，也被一层又一层的树叶挡住了，一滴雨从树梢滴到另一些树叶上，再从一些树叶上滑落下来，滴在身上的，掸去便是。更多的雨滴就停留在树叶上，迎着光看过去，仿佛能看到云的影子。

　　我没有去问身边的当地人，眼前的支流是哪一条河，对我们这群陌生人而言，它是一条亘古就在的河。现在我们来了，这条河属于我们的眼睛，河岸属于我们的脚步。它的名称也应该属于我们，由我们来命名，并以所命的名为题来写诗，写在水里，写在岸边的泥土里，写在岸边更远处的白桦躯干上。还可以写在云层上，云层也是白的，以云层为纸，以桦树枝为笔，以河水为墨，写属于陌生人的诗篇，随云飘万里，飘到我们来的地方，飘到我们要去的地方。从陌生到熟悉，往往只是一条河的距离、一朵云的距离。

当我们在哈巴河的土地上看云，云也在看我们吗？我们在哈龙沟的石头上坐着看云，我们在红树林的山坡上看云，我们在湿地上行走着看云。无时不在的云啊，如影随形地看着我们在哈巴河的一举一动。我愿把诗意留下，把云彩带走。

那几日，每日清晨我都起得早，就在县城漫步，人车俱少，多的是云，抬眼望去，万里都是云。少时写作文，除了"洁白"外，还经常写"万里无云"，在此时此地，成了万里都是云。这么多年过去，作文一直写不好，莫非是因为云彩看得不够？在哈巴河，我愿意做一个云彩收集者。这种想法最初是在白桦林生出的。

走在白桦林里，走在哈巴河的山野，会想起周华诚和他刚出版的书。周华诚前几年辞去媒体的工作，在故乡乡野耕种"父亲的水稻田"，经常到山野走走，偶尔写几篇山野之文，做山野之人。看着眼前哈巴河漫长的白桦林带，觉得他应该来此走一走、住一住，写一篇文章，或者什么都不写。山野寂静，白桦林立，山杨长在山头。华诚置身其中，可以走在白桦林的各个角落，录下林中各种各样的声音，那是属于自然的声音，风声、雨声、鸟声、落叶声、流水声……他曾经做过类似的事情：把雨夜屋檐滴答落水的声音录下来，还把海浪拍打岸边的声音录下来过；他还在手机上安装App，只为从软件中搜集各种场景的雨声和水声。

我来哈巴河前，出门时竟然有些紧张，在去往火车站的路上自己都感觉有点好笑。许是久不曾出远门，有这样一次出门的机会，竟少有的有些激动。比收拾衣服更早的是选一本书带着看。说是"选"，其实是从书架上抽。在得到单位的准假后，心里就有了数。下班回来，就把书抽出，放在书桌一边，以备走时拿上。书是高村光太郎的《山之四季》，本还想带一本《云彩收集者手册》，但想到来回只有五天的行程，便放下了。可是走在哈巴河的云彩之下，我后悔极了。出发前一晚还在翻这本书，谁知道哈巴河的云会这么精彩呢。

来之前就知道哈巴河的白桦多，但没想到这么多。白桦林远远看过去就是一丛丛白云。走在白桦林，犹如走进了《静静的顿河》《战争与和平》《卡拉马佐夫兄弟》中，俄罗斯文学给予的给养开始慢慢反哺。白桦对我们的教诲，是从根部直指天空。比白桦树梢更高的是云层。白桦是哈巴河的一层云。另一层云是红色的，是黄昏的晚霞，是哈巴河的红叶林，如一层层红云挂在天边。

哈巴河的支流多，小沟小渠也多。沟渠多，也就是水多。哈巴河得水眷顾，因为水多，所以云多。是不是扯下几片云就能捏出几滴水呢？真想试一试。宿论者如我，面对云彩的变幻莫测，只好抬头凝望。将在哈巴河见到的云和《云彩收集者手册》中介绍的各式各样的云进行比照，用以知晓各类云彩的名称。比照的过程，也是一个发现的、享受的、观察的过程。

从哈巴河县城去往一八五团的路上，迷迷糊糊地睡着了，又迷迷糊糊地醒来，睁眼一看，以为在云层中穿行。大团大团的云，真干净呀，在上面会写得出几句好诗吧！谁让我们此时正生活在哈巴河呢，哈巴河就是一首好诗，我们在诗中腾云驾雾。在哈巴河，我们将自己也活成了一首诗。

在巷中散步时，曾碰到一个商店，名为腾云。腾云是一个女孩的名字吗？哈巴河真是一个浪漫的、充满想象力的地方。那几日晨起散步，路过这个招牌，我都要停下来看看。想来，这也是一篇文章的好题目，于是未经许可，借来一用。

第一辑　天山以北

时光之门

　　站在魔鬼城的阳光下，我对一切解说都置若罔闻。我深陷其中，时间的痕迹遍布地貌、风沙、过往的人流……

　　在有限的时间里，红柳荣枯都有迹可循，一年下过的几场细雨也有专人记录，可是时间的轨迹让人捉摸不透。此刻，炙热的阳光下，地面上的烘烤让立在其中的人，像是上和下都被文火烤着。

　　走动或停步不前，时间和汗水一起在皮肤上流下了肉眼可见的轨迹。有汗水滴落进细沙，瞬间被隐去，如一滴水洒在伊犁河、一滴雨落在赛里木湖，无迹可觅。几滴渗进沙粒里的汗，也许是我留在魔鬼城唯一的痕迹。即便已经看不见，但我已来过，被这里的微乎其微的风吹过，被阳光直射地晒过。为了不虚此行，我是不是应该从魔鬼城带一些什么回去？

　　想也不想，便蹲身捡起脚下的两块石头，烫手却忍着没有扔出去，从石头上我看到了时间的磨难。石头在黄沙中，黄沙在魔鬼城，魔鬼城在乌尔禾，乌尔禾在克拉玛依，克拉玛依在更大的戈壁中。"长河落日圆"是一种时间的描绘，而戈壁黄沙孤烟直是一种人生际遇。时间之下,人的际遇如黄沙吹往不同的方向,如来往的人群流向不同的远方。

在魔鬼城的沙地里,我捡了两块石头准备带回伊犁,这是时间让魔鬼城给我的馈赠。在回伊犁之前,我要先去乌尔禾住一晚。

乌尔禾的黄昏,一阵急雨打落暑气。打落的不仅是乌尔禾的暑气,更是残留在体内的魔鬼城的热。一场雨之后,我觉得身体开始变得凉爽,带回来的石头经雨淋过更显得圆润,真的不虚此行了。

有风吹过乌尔禾的时间里,我早晚绕着住处的建筑群散步。站在一棵桑葚正青的桑树下,我消化着昨天百里油田的奔波。

百里油田的绵延百里,是时间的足迹。每一口井往地底深处探去,在我们看不见的地方,时间以石油的方式在行走,时间的血脉在茫茫戈壁是流动的传奇,是时光之子给予人类的福祉。

行到路尽处,坐看磕头机。以磕头机来命名采油机,是石油人为了表达对时间的感恩,对大自然的感激吗?我没有问当地的朋友,甚至没有和同行人交流,一路触目所及,采油机都在一边"磕头",一边抽油。

我还没有走到路尽头,就停在了风城油田。在这里,我得以近距离仰望磕头机,并贸然地和它们合了张影,以照片的方式留住了磕头机和我的时间。

但张玉华的时间没有留住。张玉华是风城油田采油二站张玉华班的班长。这个以她名字命名的班组,清一色的巾帼英雄,张玉华是当之无愧的"领头凤凰"。在十多年的时间里,她走在技术革新的探索前沿，带着她的班组，走上了一个又一个领奖台。柜子里的一个个奖杯奖牌，是流动的石油，更是凝固了的张玉华的时间。一个女人的青春，一群女人的青春，就在油井与油井之间奔走。现在，她即将退休。

张玉华的大事记里，需要记录下1992年。这一年，十九岁中专毕业的她走进油田，成了一名石油女工，她一待就是三十年。属于她的时间是从1992年开始的，张玉华和她班组的时间，凝结了基层石油女工的青春，是献给石油事业的日复一日，不是壮举，却不可或缺、无可替代。

在风城油田采油二站，和张玉华班组隔磕头机相望的是李荣辉的国防班组。这个由二十二名转业军人组成的采油四班，每名采油工人都保持着退伍不褪色、退役不退志的本色，走进采油四班如入军营。

李荣辉不是国防班组里年龄最长的，却是整个团队的核心。在他的时间里，是十二年的军旅生涯和转业后十二年的采油工人生活。四十三岁的李荣辉，在油井和油井之间看到并追上了时间的脚步。李荣辉和他班组的时间，支持着他们在军旅生涯之外另一个"战场"上的"保家卫国"。在这个"战场"上，"拼命三郎"的他们攀登了一个又一个日产液量的台阶，创下了"风城速度"。

在风城油田两个班组之间，男人的时间和女人的时间获得了统一。

晚上躺在风城油田作业区的宿舍里，想着昨天拾级而上的黑油山。黑油山的传奇更是时间的传奇，时间让黑油山裸露冒油，冒出的油以时间的方式行走。地下采油、地上旅游和"富得流油"是时间对克拉玛依的馈赠。黑油山是属于石油的时间,亿万年它们沉睡,它们流动;亿万年它们一睡而过,醒来已换了人间。至此,属于石油的时间才刚刚开始:以各种不同的方式运送到各地。

黑油山下的克一号井,我把它当成时间博物馆,陈列着时间在克拉玛依的行迹,也是几代克拉玛依石油人奋斗的时间印迹。他们唱着《克拉玛依之歌》,走在采油的路上,走在炼油的路上,走在建造音乐博物馆的路上,走在设计《克拉玛依之歌》雕塑的思考中。在音乐和雕塑的时间里,容易让人忘记时间……

躺在房间,眼前柜子上摆着六瓶矿泉水。之所以注意到水,是因为走在克拉玛依的几天里,"水"和"石油"一样成了绕不过去的词。盛产石油的克拉玛依却无比缺水。地下,本该储水的地方,流动的却是石油。

当年,作家汪曾祺蹲在伊犁河边感叹:"自来新疆,我才更深切地体会到水对于人的生活的重要性。"以前我在老家生活,后来在伊犁生活都不曾有过这样的感觉。在克拉玛依的几天就开始有了这样的认识,所以每次下车时都要将没有喝完的矿泉水带回房间接着喝。挖过井的人最懂得水的珍贵,这是克拉玛依给我的另一种教诲。

缺水的克拉玛依专门为水设立了一个节日,就叫水节,时间是每年的8月8日。从21世纪头年开始,已经举办了二十多届,一代人在水节的时间里长大成人。

二十年前,还在老满城里上大学的我读过一本《共和国的血脉》，这是一本写克拉玛依的长篇报告文学。厚厚的一大本，很快就让人陷入阅读的旋涡，对克拉玛依的印象虚虚实实，谜一样……我将原因归结为年轻。没想到近二十年后，年届四十的我才第一次走进当年从文字里进入的油城。时间还是没有解开我的一些谜团。

我在克拉玛依期间，空闲时就翻几页《马桥词典》，以前没注意这是一本时间之书。韩少功在书中对时间的迷恋，对我理解克拉玛依也是一种启发。

走在克拉玛依，我一直被石油形成的时间之谜缠绕。在工业城市克拉玛依，诸多工业都围着石油做文章，这一切对我都是新奇的。也就是说，我对这一切都是无知的。直至走进位于独山子市的一个画家工作室，一幅幅作品在画布之上，我看到了画笔的走动，更重要的是看到了时间，属于克拉玛依独有的时间在走动，就像埋在地底的石油管道，地下石油在流动，地上时间在走动。

时间之中又有时间，将我围在其中，克拉玛依成了进出时间的门。

湖　畔

　　车进到温泉县城，眼前就是一个四面环山的小城。它清爽，天蓝得纯粹，云白得干净，青山就在眼前不远处，就在四周。好感从此而生。

　　置身其中，给人一种很舒服的感觉。这样的感觉来得毫无缘由，也来得无声无息。虽只是一种感觉，但如此持续的状态给人以好的心情，看山，看水，看河，看岸，看花，看草，看树，看人，看鱼，看眼前的温泉和温泉县。

　　温泉县以多温泉而得名，位于新疆的博尔塔拉蒙古自治州境内。进到县城，司机说城很小，一个馕饼从东滚到西，还能再从西返回到东。城虽小，但城中却有占地数百亩的湿地。湿地又长有芦苇，长有菖蒲，还有更多的水边植物有待我来识别。早晚时绕着湿地散步，雨说下就下，只好到树下躲雨。

　　下着的雨说停就停，太阳照常出来，我们继续散步，看细水从身旁、从脚下流过，甚至有些水是从地下溢出来的。水从地下来，让人看得真切。

　　也是在湿地漫步时，发现温泉县的春季比我生活的伊犁要到得晚一点儿。路边有榆树，榆钱刚落完，如果早来一周，说不定餐桌上还能吃到一顿蒸榆钱面。伊犁的蒲公英早已"退市"，这里的蒲公英正当时，走路时见了不少，掐一株细看也还鲜嫩。果然，午餐和晚餐各吃了一顿，此为来温泉意外的收获。

还有个意外的收获：这里的云很美，跟我曾生活过的昭苏的云一样美。"行到水穷处，坐看云起时"是我在温泉的状态。

在博物馆看介绍时，我注意到温泉的河水是由融雪、泉水、雨水构成的。因此，温泉的水很多，它的海拔也不低，所以这里就有了冷水鱼良种繁育基地。在繁育基地，我们看到鱼的种类真多，高白鲑、七彩鲑、鲟鱼、金鳟、哲罗鲑……

"仁者乐山，智者乐水。"温泉人，四面环山，身边环水；靠山吃山，靠水吃水；看山是山，看水是水；山是山水，水是山水。

温泉有不少蒙古族人。在温泉，听蒙古族民间艺人拉马头琴，唱蒙古族长调《高高的赛里木》。琴声悠远，湖水荡漾，马踏草原逆风而行，马鞭高高扬起，轻轻落下。我还在长调和琴声中神游，歌声却戛然而止，掌声将我从天马行空中拉回来。

从温泉县出发，翻过一座山就到了赛里木湖。

1982年夏天，汪曾祺、林斤澜等人路过赛里木湖到伊犁。过了几天，他们又从伊犁路过赛里木湖到乌鲁木齐，再从乌鲁木齐回北京。当他们的回程走到了兰州，汪曾祺就忍不住开始落笔写《天山行色》，写下的是有关新疆行的方方面面，赛里木湖是其中绕不过去的部分。

赛里木湖的美,在汪曾祺眼中"简直说不上来","我只是觉得:真蓝。我顾不上有别的感觉,只有一个感觉——蓝"。其实,这也是许多初见赛里木湖之人的感觉,那时候的赛里木湖还不是作为景点存在。有一年,陪同来自海滨的客人到赛里木湖,他们看着湖水,不止一人说,真像他们那边的海水。听他们之言,我虽未见过大海,但瞬间少了许多遗憾。其实,在远离海滨的新疆,把有许多水的湖泊称为"海子",这样的称谓渊源久矣。

比汪曾祺早一百四十年看到赛里木湖的林则徐就记下了他途经的赛里木湖:"又四十里三台宿。四面环山,诸山水汇巨泽,俗称海子,考前有记载,所谓赛里木诺尔是也。东西宽约十里,南北倍之,波浪涌激,似洪泽湖,向无舟楫,亦无鱼鲔之利。土人言,中有神物如青羊,见则雨雹。水不可饮,饮将手足疲软,意雪水性寒故尔。"

在林则徐之前,陕西人方士淦著的《东归日记》中也曾记载过他所看到的赛里木湖。当时方士淦来新疆平叛,之后他从伊犁回西安,《东归日记》就是一路回程的纪行见闻。

几年前,我从伊犁回老家,坐的是从伊宁到上海的火车,途经西安,行前专门找了《东归日记》在车上看。方士淦于公元1828年从伊犁动身出果子沟到赛里木湖,记录下"上达坂……至松树塘,走海子沿,四十里至三台湾。海子周围数百里,四山环绕,众水所归,天光山色,高下相映,澄鲜可爱,中有海岛,内有海眼通大海,有海马,人常见之。又八十里,尽山路,靠海沿而行"。他经过三个月的长途跋涉到达西安。方士淦走了三个多月的路程,我在火车上三十多个小时就到了。

方士淦、林则徐笔下都记载有"神物",即现在所谓的"湖怪"。当喀纳斯湖怪(现在我们知道,所谓的"湖怪"就是在温泉县冷水鱼养殖处看到的哲罗鲑,身长一米以上,大者可达四米)成为热点时,赛里木湖平静如初,"青羊"依旧躺在纸页里,不仅躺在林则徐笔下,还在《西域水道记》中,在流放伊犁的清朝文人萧雄的诗文中,都各有记录,只待有心人去翻阅。

然而,"青羊"也不是一直都在的,到了民国就慢慢淡出了人们的视野。湖南人谢彬受北洋政府委派,以财政部特派员的身份来新疆调查财政。谢彬此行有了另外的收获,即是《新疆游记》,这是他一路考察的行程日记,记山川、记民情、记风俗……当然也少不了记下对赛里木湖的印象,只是已经没有了神物"青羊"。"前临海子,即赛里木淖尔,又曰西方净海,陨箨飘羽,不入于波,水色清碧,莫测其深,阳焊不耗,阴霖不滥,每日潮汐,若应子午。昔有闽越客善泅者,欲探其渊,入水数十武即返,言下有气吸呼,人不得前。后有俄人入探,云内不产一物,惟有风洞,未知信否。海子南锐北丰,周约二百余里,环海皆山,雪峰倒影,景致幽绝。东南隅有岛屿三,近南者大,上建龙王庙三楹,甚为壮丽,为新抚潘效苏知伊犁府时所筑,冻解无舟,未往观瞻。东北隅有小池二,土人称为海耳。海中恒起大风,力能吹岸上行人或羊群堕水。经其地者,当天色昏霾之时,不宜冒险前进。"

谢彬的日记写得很生动,记录的虽是一百年前的赛里木湖风光,但现在再去赛里木湖看,"环海皆山,雪峰倒影,景致幽绝",好像没有多大变化。所以,我忍不住当一回文抄公,尽数抄下谢氏所写,以为我用。

以上说的赛里木湖,大多是先贤笔下的赛里木湖。汪曾祺写下《天山行色》二十六年后的夏天,我从乌鲁木齐到伊犁,坐夜班车途经赛里木湖,一睡而过,至此开始了十余年来在伊犁的生活。两个月后,陪着远方的客人来此,我尽了一回地主之谊。

十多年来,我多次往返于赛里木湖的路上。或路过,更多的是专门去亲近赛里木湖,有些印象都记在了旧作《赛里木湖:大西洋最后一滴眼泪》中。看过了一次又一次的湖,发现湖之美、湖之魅、湖之媚,尽在湖水中。

初听谭维维的《如果有来生》,听到其中的"我们去大草原的湖边,等候鸟飞回来"之句,首先想到的就是赛里木湖。以后每次听到,想到的依旧还是赛里木湖,也只会想到赛里木湖。虽然来往过数十次赛里木湖,但住在湖畔尚属首次,时间就在上周,此时距我初见赛里木湖,已过去了十一年。所以在湖水之外,我还想说的是湖边的大草原。

是夜,我们住在湖畔草原的毡房里。虽已是6月,但在山中,在湖畔,入夜后气温还很低,架好的火炉和白酒为我们提供了足够度过一夜的热量。酒后,我们裹着被子沉沉睡去。

在湖畔,不光看湖,还看草原,看云,看花,看羊群,看马群。看雨落下,稍瞬即停,本就纯粹的云、花经雨水洗过更加纯粹。

在这个季节的湖边草原上,一眼望过去,花比草多,花比草高。请恕我只能以颜色来给它们命名,黄花、红花、蓝花、白花……如果我们俯下身子,观察一群花,就会发现即便同属黄花,也是各有不同的。红花、蓝花、白花,也莫不如此。在这片草原上,究竟有多少种花呢?唉,还是允许我暂时将之改称为"花园"吧。待花期之后,再以它本来的名字,度过夏末,度过深秋,度过被一场又一场雪盖的冬天、初春。然后,来到夏天,重归花园。

没有长大的山

盛夏时的唐布拉草原，我们一群人站在牧民废弃的小木屋前闲聊、拍照。木屋不远处是起伏的群山，不时有牧民骑马赶着羊群从我们身边走过。爱热闹的牧民会停下来跟我们这群外面来的人打个招呼聊几句。他们有的结结巴巴地说汉语，也有直接说哈萨克语的，才不管我们听不听得懂呢。

有个骑马赶马路过的牧民，我们中有人想借他的马骑着拍个照，他很爽快地答应了。朋友骑马拍照，他牵着缰绳远远站在镜头之外。我们就和他聊天，问他从哪里来，他用手指了指远处不高的一座山。"他从那座山那里来，那是一座没有长大的山，他住的不是毡房，而是木屋，跟眼前这座废弃的木屋差不多。"同行的当地朋友翻译道。

眼前的木屋，曾经住在这里的人大概搬到了其他草场。也许后面还会回来，稍微收拾修葺后接着住。看着这个木屋，想象着在那座还没有长大的山中的木屋，应该和《低吟的荒野》里写到的木屋很像，甚至可能一模一样：就盖在山腰，木屋旁还有简陋的羊圈，马就系在木柱子上，干羊粪一块块地垒成了一堵墙，这是他们的围墙,也是柴火,生火做饭、煮奶茶、取暖,靠的都是它们。

从唐布拉回来,一晃几年过去,草原上的景致已经忘得差不多了,独记住了句"没有长大的山",觉得是同"看山是山"一样的箴言。我在新疆已经生活了近二十年,诸如"没有长大的山"见过不少。但少的是像奥尔多·利奥波德在《沙郡年记》中说的那样"要像山一样思考"。

有一年夏秋之交,和朋友用十来天时间来回五六千公里自驾跑了一趟南疆。虽是走马观花,却也有不少地方留下了深刻的印象。在克孜勒苏柯尔克孜自治州,经常看到满是石头的荒山。山多草木少,所以当地人热衷于种树,即便是用我们难以想象的种树成本和难度:从很远的地方拉来少盐碱的土,运来少盐碱的水浇灌……生活在这里的人都很珍惜树,珍爱绿色,甚至连许多居住的铁皮屋顶都漆成了绿色。一年一年过去,到我们行走其间时,不少成活的林木已成规模。

还是在南疆,从克孜勒苏柯尔克孜自治州往喀什、和田走。同车的人告诉我,靠路边的一边是天山,另一边是昆仑山。我心想,这应该是长大的山了吧。那些山,我都没上去过,也许我正在看的那一套"西域探险考察大系"丛书会有探险家写到。美国人乔纳森·卡弗在游历了蓝丘的一群高山后如此写道:"我登上最高的一座山峰,眺望广袤的乡野。在绵延数英里的范围内,除了更低些的群山之外什么也看不到。远远望去,这些山即使有茂密的树木,也像一个个圆锥形草堆,覆盖山谷的只有一些山核桃林和矮小的橡树。"或许,这就是一览众山小的感觉。千年前,

没有长大的山

唐朝诗人杜甫就已经道出了真谛。

也是在克孜勒苏柯尔克孜自治州,我幸运我生活在伊犁。伊犁大大小小的山没有像天山以南的山那样,让人看着心生绝望。伊犁的山长满了草,于是就成了牧场,连绵的大小高矮不一的山在一起,就是高山草原。既是山,也是草原。高的不是山,而是海拔。

长在山上的松树、云杉,跟山一起,每年都在以肉眼看不见的速度长高。一百年过去,松树和云杉感觉像是一夜之间矗立在那里的。对许多山来说,时间是停滞的。你出生时,岩石在风中;你结婚生子,岩石还在风中;你老去,你死去,岩石依旧不曾风化,偶尔会有几滴雨滴落,被山吸收。这些都发生在人的一生中。多年前随手记在纸片上的句子被夹在书中,在偶然间被翻了出来。再见到已记不起是摘抄于哪本书,但至少说明了我对山的关注由来已久。

其实,对山的关注还可以继续往前追溯。我十九岁那年第一次出远门,当时的心情没有余华《十八岁出远门》中讲述得那么复杂,只是知道要去一个很远的地方。一路上几十个小时,或许是因为第一次坐火车,或许是一种逃离的畅快,整个路途都被各种新鲜事物包围着。火车一进秦岭之地,两边所见都是山,碍于视野所限,当时猜想也许山那边还是山。这样的猜想来源于语文课本上韩东的诗歌《山民》。看着秦岭山脉,记起的只有韩东的《山民》,那时看的书多有限啊。后来许多年如饥似渴的阅读莫非就是在补课?路过秦岭山脉七八年后,我开始集中阅读贾平凹的作品。他作品中的山以及山间人的生活算是弥补了一些当年空缺的想象,看他的长篇小说《山本》,旧日曾经路过秦岭山脉的往事又记了起来。

我出生在安徽的村庄,有山,却都不高,以坡来形容也许更贴切。然而,在地名上多以山名之。我们村最高的山叫公鸡山,为什么叫公鸡山也没有人考证过,更没有人细究。它立在河边,是孩子们放假常去的地方,在那里,我们体会着课本上学到的"站得高望得远"。其实,公鸡山是我出生的村庄里最高的一座山,也是我到新疆之前见过的第二高的山。第一高的山就是桐城市的投子山,据说是因山上有投子寺而得名,其实这个山我也只去过一次。

当我开始学习写作时,人已经生活在新疆了。曾在天山脚下为公鸡山做过记录:公鸡山是因为形似公鸡,才被村里人称作公鸡山;至于原来叫什么已经鲜为人知了,或许它原本也就叫公鸡山。公鸡山脚下就是养育全村人的新安大河,这条被我书写过多次的河流,现在已接近干涸了。而我的书写,仅仅是记忆的残留。我从六岁开始放牛,公鸡山就是一个绕不过去的放牧地。在村子里,公鸡山是一个天然的放牧所,草长得深且嫩,而且面积也不小。

我在公鸡山上差不多放过十年的牛。多年后,当我在新疆第一次站在草原,看着牛羊马都放养在一望无际的草原上,新奇得不得了。更新奇的是,很少看到放牛养羊饲马的人,牲畜们就那么吃着,自由得很。就想着,我怎么就没生在这样的地方呢?站在草原远望山脉,我曾经视为高山的公鸡山,连草原土丘都算不上。

没有长大的山

草原远处的山脉，冬天都被雪覆盖着，还有许多山脉终年积雪。我曾经在一个大雪的冬天，跟着护边员骑马巡逻边防线。胯下的马是军马，我这个从未骑过马的人，双腿紧夹马肚，骑在马背上心惊胆战。骑马走过的山其实不低，但已经来不及顾及了，我担心的是从马背上摔下来，顺着山从雪地滚下去，说不定就滚出了境。

在巡山之前，我就读过日本探险家橘瑞超的探险记《橘瑞超西行记》，对他排除万难登上阿尔金山山脉某个无名的山顶时的记录印象深刻。之所以印象深，或许也是因为自己即将在大雪之日登山，虽不是群山之巅，但也是难得的经历。橘瑞超记录得很朴素，也很真实："回顾上来的那个山谷，我们自己都不相信是从这样的地方攀登上来的。山上只有岩石，一株草一棵树都没有。山巅巨岩交错，层峦叠嶂，目不暇接，屈指难数。我站在巨岩上东西眺望，西起葱岭东至甘肃的阿尔金山山脉宛如大海起伏的波涛，南面的昆仑山山脉覆盖着千年不化的冰雪。站在这前人未到过的山顶，旭日东升之时，眼前云海山涛，蔚为壮观。"

为了到达这个海拔约一万七八千英尺的山顶，橘瑞超和他的探险团队损失了大半的马、骡子和牦牛。他们是一步步走在上山的路上。而我扛着相机被护边员置于中间，马的缰绳是牵在前边一个护边员手上的，后面还跟着两个护边员断后。他们世居在山上，马是日常的交通工具。而我，仅仅只是作为一个记者来体验，感受一趟他们的巡边经历。一路虽辛苦，却也觉得经历难得，也是在此时，大致明白奥尔多·利奥波德所言："只有大山明白，那隐藏在这些显而易见又近在咫尺的，希望和恐惧背后的深意。也只有大山才拥有沧海桑田的眼界和生命力，来客观地聆听一头狼的嗥叫并参悟其中的深意。"回来后，我将此行拍的照片和视频导入电脑，一遍遍回放。

是的，奥尔多·利奥波德还有一句话："它早为山所知，却鲜为人知。"多年后，我换了工作单位。一个晚上，我和一个从山里搬迁、考学进城的哈萨克族同事谈起山里的生活，他一张嘴就让我大吃一惊："山是会吃人的，山里的女人生孩子就是经历鬼门关。"同事做了一辈子文学编辑，此时已临近退休，离开山里也有四十年了。他还是业余翻译，我们一起驻村入户时，他充当我的翻译。就是在入户的时候，我和他谈起巡山的经历，他说起了他的山居生活，这是一个临近六十岁老人的回忆。他忆起弟弟妹妹的出生，说出了上面的那句话。我又和他说起了几年前的唐布拉草原之行和偶遇的牧民将一座并不巍峨的山形容为"没有长大的山"，老同事也觉得这个牧民和他一样，都是"天生的翻译家"。入冬之前，他退休了。退休后的同事专门回了一趟山里，当然不是骑马或坐马车，而是他的儿子开车带他去的。

山和人一样，自有它的历史，也有它的过去，当然也会有它的未来。那些因为各种原因被推平、炸平的山，它们曾经是山，我相信，终有一日，还将会是山。

会有人像山那样思考吗？

我不知道，起码我没有。

工业化的发展让我们无所不至,长大的山、长不大的山都在羽翼之下。任何人只要坐飞机,都可在群山之上。年轻的时候好读汪国真,如今记住的也只有一句:"没有比人更高的山,没有比脚更长的路。"

白杨城记

当我提笔准备写下"白杨城"时，感觉许多人和我一样，是在回望。这种回望，关乎童年，关乎青春，关乎失落，甚至关乎一座边城的前世今生。然而，对这个生活了十年的边城，我还仅仅是一个闯入者，一个后来的闯入者，寄居在白杨城的尾巴上。

十年来，东奔西走。十年后，重新打量曾经的脚步，发现许多时候都是停留在白杨树下。许多年后，当看到在伊犁生活过多年的维吾尔族作家阿拉提·阿斯木把他的长篇小说定名为《白杨树下》时，未看内容我就备感亲切。这种亲切关乎脚下土地的日夜潜入。读的多了才知道，许多小说中都有他青年时代的白杨城，这是一个作家对深处记忆的回望。

于是，我不免在后来的许多光阴里回头，张望白杨林里跳跃的身影和鲜花丛中的嬉戏。也许，多年以后我睡在白杨树下（如果那时此地还有白杨树），开始回忆起的那些事是从而立之年开始的，这一年我的头发开始花白。证据之一就是：手表带无意中夹下三根头发，其中两根是白的。

对，就是白杨的白。灯光下的白头发，感觉就是缩小版阳光下的白杨。

白杨和鲜花无疑是这个小城曾经最朴素的构成。如今鲜花依旧，大街小巷、广场花园、庭院阳台，无不以花点缀，甚至草原也是花之园。

只是，白杨日渐少了。

作家袁鹰20世纪60年代初来伊宁市后，写下过一篇名为《城在白杨深处》的散文，赞美伊宁市白杨的雄奇和城市风格的独特。正因为袁鹰先生的这篇文章，让伊宁市这座"白杨城"声名远播。诗人李瑛也在诗中对伊宁市的白杨有过赞誉："伊宁打开它的百叶窗/满街是冲天的白杨/白杨是绿色的堤岸/堤岸里流水喧响/白杨是高耸的走廊/走廊间歌声飞扬……"时隔多年后再回头看他们的诗文，发现除了是美文外，更是难得一见的史料。

哈萨克族作家艾克拜尔·米吉提是土生土长的伊犁人，在他儿时的记忆中："这是一个生满白杨的城市。那密布城市的白杨树，与云层低语……树下是流淌的小河，淙淙流入庭院，流向那边的果园……"这样的记忆在20世纪五六十年代出生在伊犁的人的记忆中真是再正常不过了，七八十年代出生在伊犁的人，可能还会看到一点点尾巴。而作为我这样一个外来者，所来不过十年，即便初到伊犁时，曾经因为工作之便走遍了城市的角角落落，也见过一些残存的白杨和果园，然而近几年来是愈渐难见了。

白杨毕竟只是白杨，不是生活的必需品。少了它，边城不会变得更边；多了它，边城通往中心的路也不会变得更近一步。生活的快节奏不可避免地蔓延到我们生活的各个角落，只是这样的角落已经不适合怀旧症者居住。普里什文说："每一幅藏在心中的风景画，都有人类本身在其中运动。"

而现实则是，运动的列车太快，忘记了风景的样子。普里什文曾细致地观察过白杨发芽的样子："白杨一开始并不是换上绿装，而是穿一身褐色的衣裳，它的叶子在幼年时期好似一些小硬币，在空中摇晃。"对落叶，他给予了同样的关心："白杨不停地颤抖着，丝毫不知疲倦，直到秋天树叶变黄，直到最后一次暴风雨袭来，树叶脱落，四散飘零。"

前些年，我生活在昭苏高原，一个不适宜白杨生长的地方，见不到白杨发芽，也错过了白杨叶落。我偶尔能从外地作家的文章中见到伊犁的白杨。我经常阅读汪曾祺的作品，他在《雨晴，自伊犁往尼勒克车中望乌孙山》中记下了20世纪80年代初伊犁的白杨景致：

> 一痕界破地天间，
> 浅绛依稀暗暗蓝。
> 夹道白杨无尽绿，
> 殷红数点女郎衫。

前些年曾经有一个楼盘，名曰"白杨丽景"，那片地以前是什么样子我不清楚，但是小区大门前的那条路，我当记者的几年间倒是常常经过，两边的白杨颇有年头了。

我曾在一个作家的聚会上听老作家们说年轻时的故事，那些与青春有关的故事，总是少不了酒，总是少不了果园和白杨林。

那时的城还是名副其实的小城，他们骑着自行车，穿城而过，也不过数十公里，几个朋友席地而坐，往往不是在果园里，就是在白杨树下，聊天、喝酒，没有酒杯也很好办，把自行车铃铛卸下来，铃铛盖子就是酒杯，只要两个就行，轮流换着喝……阳光透过白杨叶子，洒在地上，碎银子一样的阳光还在老照片中。

不仅是外来的我，我发现生长在这里的作家也有疑惑：我不知道是白杨选择了伊犁，还是伊犁选择了白杨。这是一个生活在这里四十多年的作家的困惑，我至今还未寻到答案。

有一次，沿着湟渠的渠首顺流而下行走至渠尾，偶遇了一棵两人合围都抱不住的白杨，这真是此行最大的收获。回来念念不忘的也是那棵长在渠边的白杨，那会是当年修渠人随手插在湿湿的泥土里的吗？那样的话，起码也有五十年了。五十年，可以让一个当年昼夜奋力修渠的壮劳力长成耄耋老人，在回首往事时，老人的白胡子跟着嘴唇颤动。

"我长到了三十岁，一个多年未回过乡的人，应该回去看一看。那些不在的人，会在风里留下气味。"三十岁生日那天经过白杨树下，我在手机上随手记下了这句话。我知道，我该回乡去看看了，村里那些不在的人，会在风里留下气味。

湟渠记

刚走入社会就当了记者。那两年,我曾以工作之便走在伊犁的山水之间,寻古迹,访人文,更多的是感知生活、体验生活。可惜这样的时间太短了,只有一年多。其间,虽也走了一些地方,但没走到的地方更多,比如湟渠。

要说那时不知道湟渠,也不尽然。在伊犁,湟渠赫赫有名。但有一些事物了解得越详细,反而越不敢接近。那些年,我选择性地忽视湟渠,转而去寻访伊犁九城,去寻找小巷里的手艺人,去钩沉一些老地名。但湟渠一直在书页深处,遥遥望着我来往在乡村与城市之间的脚步,也许还会听见我在小巷和老手艺人的交谈。湟渠水日复一日,时多时少。它不会关注一个外来者是否会走近,也不会在意世居于此的本地人有多少记忆。

渠在水流,水沿渠流,但在我的意识深处,还是想去实地看看,所以也一直留意关于湟渠的文字资料。想着有一天从书页的记忆中走出来,俯下身子去接近尘土和渠水。

不做记者后的五年,终于有了一次走近湟渠的机会。

二十多年前，陈忠实先生大约也同我们今天一样走向湟渠。后来，他写过一篇《伊犁有条渠》，为本就饱含文化色彩的湟渠更增添了几许魅力。

虽然是为湟渠而来，但满渠湍急的流水也是我们格外留意的。这渠水也曾吸引过陈忠实先生的目光："我在杨树和柳树列岸的湟渠边徘徊。湟渠的水是泛着乳白色的清流。这水的颜色不同于北方的河的水色，也不同于南方的江的水色，更相异于海水的颜色。这水来自天山，是天山积雪融化而成的天上之水，伊犁河便是汇聚这雪山之水而独具色彩的河流。"

近九十公里的湟渠，我们顺流而下，从渠首一直到渠尾。

当我站在渠首远眺时，除了渠、水外，视野所及都是秋天的丛林。属于秋天的色彩在此时展露得淋漓尽致，一棵植物上拥有四五种颜色，大概只有写《颜色的世界》的汪曾祺可以形容得出来。1982年夏天，他和林斤澜、邓友梅等人来伊犁时，大约是看过湟渠的，在《天山行色》中对湟渠虽然一笔带过，但看得出来，他对湟渠是用心做过了解的。

写过《草木春秋》等那么多草木文章的汪先生，也没留下他对湟渠沿途植物的记忆，但我们从他作于1992年的《蓼花无穗不垂头》题画文字中知道，他在伊犁时，对这里生长的草木是很留心的："昔在伊犁见伊犁河边长蓼花，甚喜。喜伊犁亦有蓼花，喜伊犁有水也。我到伊犁在一九八二年，距今十年矣。曾祺记。"

之所以想起这些，完全是因为在远眺时一脚踩进了苍耳丛中，扎痛了才收回目光，更显惊奇了。我在新疆生活了十余年，还是第一次看到苍耳（也可能是之前未曾留意过），以前还以为新疆不生长苍耳呢。同行之人看到我的惊讶，也有些新奇："这不是苍耳吗？"此时我才知道它的学名。在老家，实在太常见了，常见得都忽略了它的学名。多少年里，它们就一直活在方言的记忆里，跟着记忆跋山涉水，从淮河河畔来到西天山脚下。在过去的十多年里，记忆里没有它们，没想到偶然的一天却从人生深处冒了出来，像湟渠里的水，翻过几个浪花又沉下去。即便如此，我还是不确定在老家的方言里这几个字应该怎么写。于是随手拍了几张苍耳的照片发到微信朋友圈询问。答案五花八门，但我也找到了最接近我记忆中的叫法：粘骨蛇。晚上回来专门查阅新近出版的某本伊犁植物方面的图文书，未见有介绍。

同行的年轻人看到苍耳也都感到新奇，看来无论生活在哪里，谁的年少经历中都有过一段关于苍耳的岁月。我们从苍耳针尖状的外表隧道中迅速回到过往岁月，然后往事的记忆也随着渠水远去。

我们从渠首开始往下游走，走走停停，停停走走。不断地有车从我们身边飞驰而过，仿佛是要去赴一场等待了千百年的约会。

快速行驶的车让都市人忘记了来时的路，忘记了路边还有河流、杂草、白杨和青杨。此刻，我们正望得见山、看得见水，可是乡愁在哪里？乡愁在高速公路上渐行渐远。也许，我们正在用自己的行动验证着美国作家西格德·F.奥尔森《低吟的荒野》中写的"正是由于我们几乎忘却了过去，所以在我们的内心才存在一种不安,一种对现实的急躁"。

急躁常常也是立体的,从四面八方来,再往四面八方去。比如此刻,我就忽略了湟渠灌溉下生长的苞谷、棉花、西瓜、高粱,还有芦苇,它们可能都是自然而生的。它们也是经同行人提醒我才注意到的。俄国探险家普尔热瓦尔斯基在他的探险记中写到过罗布泊的罗布人村寨阿不旦的芦苇有八米高,直径四五厘米。罗布人用芦苇盖房、取暖、架桥、铺路,芦花可以充填衣被,还可以熬成浓浆代替糖……曾经的伊犁人也这样过吗?

在湟渠的第一个龙口,我被一棵白杨打动了。

边城伊宁昔日被叫作白杨城,作家袁鹰走了一趟,留下了名文《城在白杨深处》。伊犁作家更是不惜笔墨,写下各自心中的白杨城,昔日的城。近年来,白杨日渐稀少,我到伊犁也是近十年的事,自是无缘见识满是白杨的城,除在文字中寻找外,偶尔也能在城市的角落遇见一些不成片的白杨。

初到伊犁那两年,我喜欢到人民公园闲逛,绕来绕去、来来回回地走那条小路。

熟悉人民公园的人都知道,里面有几排白杨。这盛夏和初秋的白杨树,有着十分硬朗的姿态。高大笔直的杨树让我忽而觉察自己的渺小,在这几排树中间,倚树而立的我好像一株柔软的藤,需要借助它们伟岸的躯干支撑自己的生长。雪岭云杉是隐逸之士,它们散落在深山之中,平常之时、平常之人不易见到。而白杨,这些分布在城市角角落落里的白杨却是无时无刻不显现在我们的眼帘,它们大约是这个城市里离云朵最近的树了。躺在草地上，面向杨树生长的方向，一朵云就停泊在树梢上，微微风起，那朵云又在树间游移。恍惚间，不知道树在云间，还是云绕树生。然而你看，这里的白杨，棵棵笔直，几乎没有多余的枝丫，它们与其他城市的杨树枝蔓伸展的姿势不同，似乎只知道向上，再向上，顺着血液延伸的方向，一直触到云端。那些青绿的树叶，带着蜡质的膜，在风中翻响，阳光之下，白花花的光落在叶子上，远远望去，犹如一簇一簇盛开在树梢的白色花朵。没有风，树下静得听不见一丝声音。没有人声，没有蝉鸣。在这样或干燥或湿润的城市里，白杨树以它特有的姿态滋润着人们的心灵。我只好沉默，在这几排卫士一般的白杨树下，我只能保持沉默。闭上眼睛，终于有风从我头上掠过，接着就是哗哗的雨声。那些雨敲打在树叶上，我似乎听见雨声深处白杨呼吸的声音。于是睁开双眼，阳光如水。原来那声音只是风吹翻树叶的响动，天蓝、云白、风清。

这是一个初来乍到的外地人到了伊犁后的心情，关于白杨和一座边城的脉络。

当我在渠岸见到这棵两人合围抱不住的白杨时，我感动了。这大概就是和昔日白杨城里的白杨同一时期种下的吧？抑或是修渠的人休息时随手栽下的？

然而，无论是书上记载，还是民间传说中湟渠的修建时间，最早可以追溯到距今二百五十年前，近的也有几十年了。这样粗大的白杨会是哪一年种下的呢？或者根本就是一阵风让它落下来，生根、生长……曾听老辈藏书家说，书比人长寿。望着眼前这棵白杨，顿有一种树比人长寿之慨。

一路上，我们和一些曾经参加过修渠的老人聊天。当年挖渠的时候，他们都是壮劳力，二十岁上下，一身使不完的劲。忆起挖渠往事，七十多岁的老人们依旧豪情满怀，感觉马上就要卷起袖子再大干一场。我注意到了他们的眼神，分明有一种对过往青春岁月的追忆。还好，纵然青春留不住，湟渠有水不息流。

芳 香

客厅里放了一束薰衣草,是去年夏天从薰衣草地里采摘回来的,插在瓶中,置于客厅,芳香满室。一年过去,香气犹存。

然而,何止是在我这一室,在6月的伊犁,哪里闻不到这种芳香呢?

曾见过一张航拍夏日伊犁河谷的照片,紫绿相间,伊犁河穿城而过。紫的就是薰衣草,而绿的是草原,是树木,是更多的植被。整个6月,伊犁河谷就被薰衣草的芳香浸润着,薰衣草的紫色连绵,香气如水波,往四周扩散……

五十多年来,每到夏季六七月,薰衣草的芳香在伊犁河谷扩散着。谁又能知道,如此芳香竟是源于六十颗薰衣草种子在伊犁的落地生根?

故事还得从更早的1956年开始说起,当时我国把从国外引进薰衣草种子放到北京、上海、西安、河南等地试种,都未能成功。1963年,十九岁的上海知识青年徐春棠从上海轻工业学校毕业,来到新疆支援边疆建设,在新疆生产建设兵团农四师清水河农场落下了脚。1964年,试种薰衣草的地点被放在了位于伊犁河谷的新疆生产建设兵团农四师，因为伊犁河谷和法国的普罗旺斯纬度相同，气候和土壤也相差不多。试种任务落到了年仅二十岁的农业技术员徐春棠身上。

徐春棠看着六十粒总重量只有十克的薰衣草种子百感交集。作为一项保密工作，徐春棠只能悄悄地试种薰衣草，其中的甘苦我们已经无从得知，但诸多种植细节还是被他忠实地予以记录，如今保存在档案馆。试种当然成功了，六十粒种子就这样在伊犁河谷落地生根。徐春棠和薰衣草从此开始结缘了。和薰衣草一样，徐春棠也在伊犁河谷扎下了根，直至六十一岁去世。几十年后，伊犁因占据中国百分之九十五以上的薰衣草种植面积而被称为"中国薰衣草之乡"，徐春棠的铜像也伫立在伊帕尔汗薰衣草观光园中，看着园中薰衣草花开花落。

如今，伊犁河谷的伊宁市、伊宁县、霍城县、察布查尔锡伯自治县都种植着薰衣草，面积达数十万亩。而市区的路边、公园里，也都种植有小面积的薰衣草以做观赏。加西亚·马尔克斯的小说里有用薰衣草泡水洗头的情节，遍地是薰衣草的伊犁河谷有人试过吗？

薰衣草花期并不长，盛开时就得收割提炼精油。每年专程去看薰衣草，都得早早计划好。今年第一次去看薰衣草是陪着浙江的同学去采访。她千里迢迢来伊犁，是为了采访伊犁河谷的养蜂人，此时正是薰衣草盛开季，养蜂人都在薰衣草地头呢，正如本地诗人松龄所写的那样："这是盛夏的花园，河谷所有的蜜蜂都云集在这里。"

养蜂人逐花而居，就是逐芳香而居。我们在察布查尔锡伯自治县的薰衣草园里和养蜂人周小通相遇了。当时,他正在薰衣草地头坐着,薰衣草地是别人的,他只是养蜂采蜜,不远处即是他临时的家,爱人正在帐篷里做饭。

周小通是吃苦长大的。一岁半时母亲从山上摔下来去世了,父亲在他十六岁时因车祸离世。两年后,十八岁的周小通从浙江温州来新疆投靠养蜂的叔叔,自此跟着叔叔学养蜂。自己出来单干后,也是以养蜂为业,至今如此。二十岁那年,周小通还在跟着叔叔养蜂,夏天的时候一路走到了博乐的山里采山花蜜,周小通和爱人的缘分就始于这年夏天的博乐。

当时,离周小通他们养蜂的帐篷不远处有一家养蜂的浙江老乡,同是温州人。远亲不如近邻,在寂寞的养蜂时光,两家人从串门开始,越走越近,越走越亲。而那时周小通的爱人正跟着舅舅舅妈养蜂。男未婚,女未嫁,又是近老乡,而且都以养蜂为业,年轻男女走到一起就顺理成章了。如今,三十年过去了,周小通夫妇依旧在养蜂,从博乐挪动到了伊犁河谷,他们也成了三个孩子的父母,以养蜂的收入供养出了三个大学生。如今老大大学毕业后留在了宁波,老二大学毕业后到深圳生活,老三正在新疆大学上学。聊天时,周小通羞涩的神情中掩饰不住内心的骄傲,生活和他酿造的蜜一样甜。

周小通夫妇在山中养蜂不怕孤单,也不怕周围连个说话的人都没有,偶尔遇见放牧的人也能比画着手势聊几句。他们怕的是下雨,周小通觉得这是最苦的时候,帐篷漏雨,气温下降,蜂箱需要防护……一系列的问题都随之而来了。而在伊犁的山中,雨经常是说来就来。

没有长大的山

在新疆三十多年，周小通乡音改变得并不多。在薰衣草地头，我听他们随意聊着，偶尔插几句嘴。周小通为能在遥远的新疆见到浙江老乡而高兴，我的同学为她此行能在新疆偶遇来自家乡的养蜂人而激动。不远处有蜜蜂的嗡嗡声相伴，黄土地上长着薰衣草，薰衣草上有蜜蜂飞绕、停歇。风吹过，紫色波浪起伏，芳香飘远。

清少纳言在《枕草子》里说："凡是紫色的东西，都很漂亮，无论是花，或是丝的。"而在伊犁河谷，紫色的薰衣草"都很漂亮"。

桑葚才肥杏又黄

当我和同事老赛站在阿比里江的家门口,映入眼帘的就是门口那棵可遮阳挡雨的桑树。正是5月初,桑葚将熟未熟挂在枝上。虽已是黄昏,但一眼望去,桑葚在桑叶间醒目得很。

阿比里江在门口迎上了我们。我们先不急着进门,坐在门前的条凳上,话题从头顶上这棵桑树开始。在阿比里江十几岁的时候,他在地里给庄稼浇水,河水顺势而下,阿比里江挖了个豁口将水流引进了地边的水渠,对庄稼进行漫灌。他无所事事地坐在地头,准备回去吃晚饭时,从上游漂来了一棵小桑树苗,很快就漂到了阿比里江跟前,往豁口流的时候被卡住了。他便顺手捞起来扔在一边,水流依旧。

扛着坎土曼准备回家的阿比里江看到了脚边刚才扔下的桑树苗,随手带了回去。晚饭后,天还没黑透,他就在院子里随便挖了个坑,把桑树苗种了下去。

时间又过了几年,阿比里江快要成家了,想把房子推倒重盖。院中的桑树已经长得有模有样,阿比里江和家人都不忍将之伐掉,就把它移栽在新盖的房子大门口。这一年冬天来临前，新房盖好了，没过多久，澳门就回归祖国了。如此说来，这棵桑树在大门口已经长了二十多年。二十多年间，阿比里江吃着这棵桑树上的桑葚结婚生子；二十多年间，阿比里江的女儿阿丽旦、儿子居来提吃着树上的桑葚长大；二十年多后，我们三个人就坐在树下的长凳上，谈论着一棵桑树的传奇。过去的近两年里，我每个月都要来英买里村，这里的近五百户人家多半我都认识了，其中绝大多数人家都因工作需要去走访过。他们丝毫也不会在意出门见"桑"，在我走过的人家，多半都有一两棵桑树长在门口。

桑树不仅长在人家门口，还长在小城马路两边。

下班路上有一截绿化带里种的都是桑树。红红的桑葚早已被摘完或者熟透自然掉落了，倒是长在靠近树荫处的白桑葚正熟，也没人摘了，我站在树下，伸手即可够着，就那么站着吃了一会儿。想起曾经有一年，租住在伊犁师范学院，单元门前有一小片花圃，中间有一棵桑树，那一年结的果实可真多，经常进出门都随手摘几颗吃，也没人管。如此一想，我在伊宁市的四年，先后住过四五个地方。

几年前初到现在这个单位上班，考勤并不那么严格，我每天早上步行五公里上班，下午再走五公里回去，每日如此，风雨无阻，时常将路上所见随手记在手机上。换手机时，除了整理照片，就剩转移这些便条了。有时在村里的晚上，灯光昏暗，无所事事，会把曾经的记录翻出来看看，如此也算是留住了时间。

过了一段时间，我和老赛到重庆南路哈丽旦木家去走访。此时正是盛夏的上午，一进到院子，一树浓荫隔绝了阳光的直射，也将暑热挡在了院外——是桑树。昨夜的大风将桑葚吹落满地。我们进来的时候，哈丽旦木正在扫院子，紫红色的桑葚被扫在一起。这棵桑树，夏天给这个九分地的院子带来一处阴凉，还有一处阴凉在葡萄架下。

哈丽旦木家临街而居，在她家门外还种着一排桑树，树干只有小孩胳膊粗，栽下去还没几年，去年都开始结果实了。这是一个把桑树种在大街小巷的小城，甚至城郊的田地、河岸边都长有桑树。它们当然不是被谁刻意栽种的，或许某一日就冒出了树苗，旁若无人地成长，等到被人所注意，已经是不可忽略，甚至开始挂果，过往的人依旧让它们长着——又不碍事。到了季节，走在哪里都能吃到一口桑葚，走在哪里都有一处阴凉。

林则徐有一首竹枝词，诗云："桑葚才肥杏又黄，甜瓜沙枣亦糇粮。村村绝少炊烟起，冷饼盈怀唤作馕。"此诗完全是写实，尤以"桑葚才肥杏又黄"一句为最。在林则徐曾经生活过的伊犁，和桑树一样多的大概就是杏树了。在盛夏，走在小城的角角落落，踮起脚尖就能吃上几口杏子。

在伊犁十几年来，从来没有见过杏子像今年这么丰收过，走在村庄，走在团场的连队，到处都是黄灿灿的一片，也不见有人摘，我习惯于用"摘"，而老伊犁人说的都是"拔"——拔杏子。走在村子里，眼盯着挂弯枝的杏树，主人家会说："要吃自己在树上拔，吃多少拔多少，走的时候再拔一点儿带走……"我也真不客气，拔了几枝杏子带回来。

杏子结得如此之多，当初在花季，杏花真是繁茂。如今，位于伊犁新源县的吐尔根和位于霍城县的中华福寿山，已经成为知名杏花景点。一到花季，远近来人，几万、十几万人逐花而来，只为一睹盛大的杏花绽放。在高山上，连绵的杏花让人不虚此行。而在市区，也是满城杏花无处不在，甚至春天的海棠路上，两边的杏花盛开时都成了小城的"网红"，一时新闻、微信公众号、朋友圈各种打卡。海棠路的拥堵随之而来，接下来的花期，路两头设置障碍，禁止机动车通行——只为远近来人赏花。一条"网红"杏花路，无人炒作，幕后没有推手，自然而然地形成。如今，海棠路两旁杏子已黄。

那天有事到团场去，走在连队，一眼望过去，几树黄杏出墙来，树上但见果实，不见树叶。在团场，所见多是树上干杏。此杏极有个性，近年来已渐为伊犁特产。个性之一，正如它的名字所示的——树上干。杏子挂在树上，不会自然脱落，如无人摘，会一直挂着直至果肉干透，是为树上干杏，我们称之为"吊死干"，自认为很形象，也很贴切。风干了的果肉，吃起来是另一番风味，不失甜味、酸味，而且嚼劲十足，四季可食。个性之二，在杏核。树上干杏的杏壳很薄，一咬即碎，然后可以吃杏仁。由杏仁而喜食树上干杏者，我见过不少，甚至还见过一些将树上干杏果肉剥开放一边，光吃杏仁。当然也有吃杏搭档二人组，一人专吃果肉，另一人"包销"杏仁。

当然，小城伊宁街头巷尾所植，不仅有树上干杏，还有本地人挂在嘴上的大白杏、李广杏……到了成熟的季节，走在哪里都少不了一口吃的。伊犁的杏树之多，我也是今年才发现的，以前都未曾留意过。或许正如汪曾祺所言："杏树不甚为人重视，只于地头、'四基'、水边、路边种之。杏怕风。一树杏花开得正热闹，一阵大风，零落殆尽。"写过那么多草木瓜果的汪曾祺，没有专门写过杏子，以上所言，还是在写其他果品时顺带提及的。然而，在伊犁，杏树、杏子真多啊，由不得人忽略。

没有长大的山

可克达拉改变了模样

当我站在望河亭,眺望远处如丝带的伊犁河,可克达拉大桥连接着河两岸。河的两边,湿地苍翠,群鸟远影。站在桥上眺望,日光垂野白,一水带沙流。

我站的这边属于新建的可克达拉市。半城流水一城树,水边树下望河亭,就是眼前之景。

可克达拉市还是一座年轻的城市。2015年3月16日,经国务院批准设立,4月12日正式揭牌成立,是新疆维吾尔自治区直辖、新疆生产建设兵团管理的第八座城市。可克达拉市因为是新疆生产建设兵团第四师所建,所以本地人尤其是兵团人习惯称之为四师可克达拉市。

在建城之初,我曾来过这片插上枝条都能成林的土地。在这里,楼宇和林木一起落地。时值4月初,这个城市的人都在忙着种树,给未来的自己一片浓荫。生活在第四师七十三团的许玉怀老人听说可克达拉正在进行"植树大会战",主动将家门口四十年前种下的十七棵槐树捐赠给可克达拉市。如今我们置身其中,走在还不算大的市区,忍不住感叹道:"可克达拉的树真多呀!"

在这里生活的人，人在城中，城在绿中，人和城都在绿色的原野中。

从年过七旬的许玉怀老人身上，我看到了二十多万四师可克达拉人想要建设一座自己的城市的决心和信心。也是因为这次可克达拉之行，我发现生活在这里的人，说起庆祝中华人民共和国成立十周年献礼纪录片《绿色的原野》和其中的插曲《草原之夜》都能如数家珍。

五十多年前，《草原之夜》从这里的可克达拉牧场传唱出去。五十多年后，因为一首歌而成就了一座城。因为一首歌，在一座新城征集城市名称时，不约而同地想到了将"可克达拉"作为拟建城市的名字。生活在这里以后，徜徉在这座军垦文化之城，走在哪里，都会有人说到《草原之夜》的故事，这里的人对自己脚下土地的历史都熟稔在心。写到这里，我已经不自觉地交代了可克达拉的意思，就是"绿色的原野"。可克达拉和绿色的原野之间，是可以画等号的。

也许，正如《草原之夜》里唱的，"可克达拉改变了模样"。生活于此的人，用一双双手植一片绿，用一双双手建一座城，为的只是让曾经荒漠的土地成为真正绿色的原野。而植树护绿的传统，早在兵团人放下枪杆、拿起铁锹垦荒种粮时就开始了。

从可克达拉回去后，我就有了将家安在这里的想法。之后，购房、装修、搬家……我也成了可克达拉的一员，慢慢熟悉这里的一草一木和历史过往。这里的街巷都留下了我和家人漫步的足迹。儿童公园，玻璃般清脆嬉戏的童声中有我孩子的声音；学府公园，学童往来，书声琅琅；紫沁公园，小桥流水微风吹，杨柳依依岸边生，步行道上往来都悠闲，无喧哗无鼎沸；滨河公园，听伊犁河水滔滔……此外还有人民公园、朱雀湖公园、望河亭公园、胡杨林公园、鹤林公园、湟渠公园，都是我们常去的休闲之所，可克达拉是把城市建在公园里的。

正月刚过，饭后照常绕朱雀湖散步，我随手拍了几张湖边风光，配了段文字发在朋友圈，没想到引发了一番点赞。二月初二，晚饭前风起雪落，如入冬天。饭后雪止风停，披衣出门散步。每日的固定路线，一千二百米到湖畔，再二百米到湖心亭。亭名莲花，亭西有联：山偷半庭月，池印一天星。再五十米，过杖藜桥，桥名由王蒙手书。赏雪之人在莲花亭，莲花亭在朱雀湖，朱雀湖在可克达拉市。湖中无舟，舟上亦无酒、无火炉、无烧酒童子、无饮酒人、无宗子。绕湖一圈，只余一人。见湖畔有图书馆，馆名由冯骥才手书，馆内一楼大厅有冯骥才著作专架。

朱雀湖是新城的一个地标，许多人到可克达拉都是奔此而来。甚至夏日的晚上，不少人专门从周边县市来，围湖走走。湖边凉风习习，细波彼伏，鱼翔浅底，图书馆、档案馆、规划馆、文化馆依湖而建。我常去的是图书馆，七万多册藏书足够我置身其中，不断往返借还，还常带小儿到绘本馆消磨半日闲。经过几年的发展，可克达拉成了名副其实的宜居之城。

在生活中，我接触到了一些土生土长的兵团人，他们有的是兵团一代，如今都七八十岁高龄；也有的是出生在此的兵团二代、三代，他们为自己能参与建设一座城而自豪。当时的他们一块馕一杯水，白天跑工地，晚上论证方案规划；如今的他们依旧行走在自己亲手建设的城中,走起路来仰着头,腰板挺得直直的,心里美美的。几年来,当初栽种的树木,在可克达拉扎下根,长得枝繁叶茂;几十年来,当初十万兵团人放下枪杆,拿起铁锹,铸剑为犁,扎根边疆,在戈壁荒漠造就了一片又一片绿色的原野,如胡杨般深深扎根在以前贫瘠如今肥沃的土地上,筑牢着屯垦戍边的基石。

那拉提记

大概没有什么人会在那拉提怀古。新疆的许多地方都不太适合怀古，尤其是伊犁，几乎没有可以怀古的地方。那些久远的城池基本存在于纸页里，而一旦走近，遗址终归是遗址，土堆都剩不了几座。曾经花费了不少精力找寻的伊犁九城，历史谈不上久远，也都近乎湮没在战争、雨水和两百年的光阴里。

然而在伊犁，如同梁实秋说的，逛动物园也能"真正地发思古之幽情"的地方真的不多。然而，就在此刻，我站在那拉提，感觉自己是个古人了。这样的感觉稍纵即逝，等到回味过来已经遍寻不见。那拉提的雪和身边的人让我知道我还是生活在工业文明时代。

冬天以及初春的那拉提，很适合什么都不想地乱走，随走随停，随停随走。此刻，雪还未融化，草也没冒尖，视野所及处都是雪。可以远眺，一片清澈；也可以四顾，一片迷蒙。清澈和迷蒙，在那拉提都是非常美好的状态——适合什么都不想地随便走走。

我曾经以为伊犁最适合拍雪景的地方是昭苏，后来和摄影家聊天才知道我错了。最佳处就在距离那拉提不远的巩乃斯,那也是一个充满传奇的地方。

近处的牧民骑马走向远处,远处的牧民也会往更远处走去。他们翻山,他们过河,对于他们来说,有亲人在的地方就是家,有家人、有羊群马群的地方就是故乡。此时此刻,他们的故乡在雪深处,需要翻过一座山,深入到冬窝子。马踏雪地的声音,如同响在荒野的鼓声。隐秘的故乡,故乡的隐秘,都在不经意中泄露,让出门在外的人即便是走在大雪覆盖的路途也不会迷失。

关于那拉提,曾经看到过姜付炬先生一篇谈论地名的文章。姜先生年轻时写小说,晚年专注于文史地理,所写文章满是趣味,明明是考证严密的史实文章,读起来却感觉充满想象,和此刻的那拉提联系起来倒很妥帖。

王祥夫先生曾说:"雪与雨可以使山水增色。"它们是作家的,也是画家的,我自是认同。此时的那拉提草原之上,除了雪还是雪,所增之色可以划拉一块雪地作画,油画、国画、版画都可以,随手几笔成一帧小品想必也不俗。当我站在那拉提的中心(当然是臆想的中心),还是被这里的寂静打动了。

有些寂静超乎人的想象。

当岁月还没有完全抹去雪之洁白时,在那拉提和我曾经生活过的昭苏,没有雾霾,只有雾凇。在天蓝色的晴空里,让我得以看到了更多世界的本色。这一刻,我不关心即将或者已经来了的春天,我不关心夏天人群纷扰,不关心秋天羊群转场。我关心的是以后的冬天,是否雪下得够白,甚至是否还有雪。当可以日行几千几万公里时,我们中间终于有人意识到走得太快而决定蹲下来仔细打量过去一冬的积雪,以及积雪下蓄势待发的野百合。

我们正站在即将长出野百合的那拉提土地上。

我无端地想起梅花,大约是因为梅花和雪比较配。这里是没有梅的,我也多年未见过梅了。新疆很少见梅,若有几支,也多是养在家里,未见气势,更别说风骨了。如果没有了风骨,梅便不能为梅,文章之道,风骨也不可缺。我喜欢的文字,开门见山最好,然而现在多的是开门见雾,不仅是雾,更是雾霾。无论是时间上的,还是空间上的,到底是山还是雾或雾霾,都是我们在写作时需要面对的。看山是雪,看雪是山,固然可佩;看山是山,看雪是雪,也多是日常生活,人之常情最可感动。还好现在我们站立的地方,开门见的不仅是山,而且还是雪山,清澈透明,一目了然。所以,那拉提本身就是一篇好文章,和传统一脉相承。

当深居山里冬窝子中的牧民,在自家小木屋屋檐下朝着山外的方向望去,他们看见的会是什么?是山,是雪,是雪山。我曾经跟随巡山者骑马进山,在这样的小木屋中小歇时所见即是如此。原来,在现代化的路上越走越远的是我们。牧民们日常生活照旧,小木屋在雪深处,整个冬季鲜有串门的人。与牛羊为伍的日子确实单调,但是牧民们都已经习惯了,从祖辈开始都是如此过来的。前些年的那拉提,同样如此。近年来,像我们这样的外来者,冒冒失失地就闯了进来,打扰这片土地安宁的人越来越多了。

普里什文说得好,"我们人类生活的列车开得比大自然快得多,因此我记录观察大自然时的感受,结果记下来的总是关于人类自己的生活"。冬日的那拉提还好，夏日的那拉提表现得极为鲜明。人跟草一样多，马匹用来和游人合影，而驯鹰的哈萨克族老人表情淡漠，蓝天、草原和他们的关系正在慢慢变化。时间以分钟为单位计算，只是为了用来验证"时间就是金钱"，我们生活的列车在这些时刻真是开得太快了。

还好，我们是走在春天的那拉提。我们就是走在春天的道路上，在往寂静的世界走进。也是在此刻，面对即将醒来的那拉提大地，这里也终将是我们熟悉和接近的土地。它们会在不久的将来葱茏葳蕤，也将会为这片土地赢得无限风光和人气。

脚触碰到的大地是如此辽阔，让我们意识到这里的花草是根植于大地，而不是阳台或楼顶。它们将经历风雨，在视野内外气势磅礴，那将是一幅怎样的胜景。还是普里什文说得好，"春天里，最主要的是让你的脚接触到大地：你的脚一踩在露出来的土地上，你立刻会感觉到一切，度过的所有春天也都会集中在一起，于是你就会心花怒放了"。

当我的脚站在那拉提土地上，我知道春天来了。

夏 塔 记

在 夏 塔

一

　　印象中,夏塔峡谷总是和雨和湿气蒙蒙联系在一起的。六年前的7月4日和一行人去夏塔,就因落了不小的雨不得不折回来。后来写了一篇《等一个晴天去夏塔》表达遗憾之情,在文章的结尾,我写道:"于我,第一次上夏塔,偶遇一场大雨,未能领略它的全貌,但已知足了,风景的动人之处在于慢慢品尝,岂能让你一次尝尽?所以,夏塔,等一个晴天,我还会再来的。"

　　那回去的行程,因为有文字记录,倒也还记得清楚。从夏塔回去两年后,我搬到了昭苏高原,几年里,常常和夏塔擦肩而过,有晴天,也有雨天,却未踏步而入。

　　是在等一个好时候吗?我不知道。

在我还没准备再去夏塔时,却有了一次再去的机会。距离上回隔了六年。那年,我二十四岁,如今刚过而立之年。六年里,夏塔会成为什么样子,我不好想象,因为上次根本就没进去。而现在凡事万物都在变化,都过去六年了,即便我上次去过,大约也变得认不出来了。

也许是巧合,我们此行重返夏塔正好也是7月4日,一行人中有几位师长上回也是同行人,现在谈起来都感慨得很。

还好,这回是晴天。晴天在夏塔会怎样?

我想寻找一些过去的痕迹,当然是妄想。甚至进峡谷口的路,我已认不出了。坐在区间车里,东张西望,两边的云杉当然还是那些云杉。六年的生长,在它们身上根本看不出痕迹。或许有些微小变化,非细致之人不能察觉。六年时光,对云杉而言是长还是短?它们从一开始就在这片峡谷幽深之处生长、淋雨、吹风,会有几代牧民经过,也会有许多牦牛羊经过。十年过去,又一个十年过去,它们慢慢有小孩胳膊粗了;再几个十年过去,有碗口粗了;再过去数个十年,有一人合抱之势了。

据说,这些云杉都有几十上百年的树龄,我是相信的。我们一行人中年龄最大者近六十岁,但在这些云杉面前还都是年轻人。

峡谷走得越深,陌生感越强烈,及至车停在神龟石边,我才稍微找到了一点旧影。如今的神龟石享受的待遇不差,景区专门修建了观景处供游客拍照。而我上次来时,它就躺在河流中,我们站在河岸看过去,居高临下反而看得更形象。

神龟石当然是陪同我们到夏塔的当地人的叫法,抬眼看过去确实有点像。看了这个石头，当地人再编一些有关《西游记》中唐僧取经路上的神龟等传说，有多少人当真就不知道了。看的人不少，也听到有人在说这是人为为之，只是旅游的噱头，我默默地听，暗自地笑。上回来时，夏塔还没有成为风景区，进来也不要门票，神龟石就在那里。噱头自然有，和石头无关，有关的是围绕石头而起的传说、故事。

河水好像比上次小了点。"路边的河水非常湍急，而且浪涛滚滚，令我们奇怪的是，它的水流一直都是乳白色，犹如一桶桶牛奶倒入了河里。坐在车上的我们看着河水，开玩笑说是上游的牧民丰收，把牛奶、马奶都倒入河里，让河里的石头也洗了一回牛奶（马奶）浴。"这是我上次从夏塔回去的文字记录，但现在的河水清澈了许多，乳白色淡了。再往峡谷深处走，遇到有牧民在路边卖牛奶、马奶，喝的人不少。我甚至猜想河水变得清澈是因为牧民们把牛奶、马奶都卖给了游客，而不再倒入河水里了。这当然是瞎想，河水的变化大约和峡谷深处的建设有关。

余下的路，我们逆流而上，抵达峡谷深处。

二

"夏塔"是蒙古语，意为"台阶""阶梯"。

原来，一路上我们都是在爬台阶。台阶到头，是一片一眼看过去不小的原野。关于牛羊、河流、石头、野花、丛林，在诗人笔下是诗；在夏塔，它们各就各位，按部就班，日复一日，有人时是那样，无人时还是那样。

河流和石头相伴相随,有石头的地方肯定有河流经过,或者曾经有过河流;有河流的地方就会有石头。昭苏多的是奇石,尤其以夏塔的奇石为最。所以河流奔腾几百公里而来只为检验自己和石头的缘分。

夏塔峡谷流过的河流,是夏塔河还是木扎尔特河已经不再重要,这条河流中经常有奇石出现才是吸引人的地方。当我们在原野上漫无方向地漫步时,就有人逐渐分散而去了。

在夏塔,甚至在昭苏,在许多人看来,石头的诱惑要比草原和草原上的花花草草大得多。在高原的紫外线之下,那么多人穿着短袖走在裸露的河道上,河水的滋润丝毫没让人注意。在他们眼里,除了石头还是石头,翻来覆去地翻找,不时有尖叫声传过来,是发现了奇石还是其他什么原因,谁知道呢。

当然也有人注意花花草草。由于开春至今,昭苏的雨水一直充沛,花草都挤着往外长,重现了古诗中的风吹草低见牛羊。要知道,在昭苏,这也是好几年未见的景象了,至少六年前我未见过,后来在此居住至今也未见过。

草原的7月总是最好的时候,今年尤其如此。当我们步入夏塔深处,躺坐在草地时才发现,其实花比草多,说是草地草原也已经不那么妥当了,倒不如花地花原来得贴切。这是怎么样的一个地方呢?百花丛中有草,花开各色,我基本不认识。之前听说出版了一本有关伊犁植物志之类的书,我还未见到。若是拿着这样的书,住在这里,对照着书一样一样地认出来,也是很有意思的。

没有树的地方视野开阔,可以看到群山,群山之巅就是雪山。去冬今春,昭苏的雪出奇地多,常常下得没完没了,山上的雪线也比往年低得多,站在海拔较高的夏塔峡谷深处远望就看得更真切了。

捡 蘑 菇

可能昨天刚下过雨,草地还是微湿的,微湿的草地上有蘑菇。要知道,在昭苏草原,雨后不会太久,蘑菇就会冒出头,在树下,在草丛里,在枯木上。

分散的人中,除了捡石头的,就以捡蘑菇的为多。捡蘑菇的人没有方向,走到哪儿算哪儿,见草丛里、树荫下、朽木上有蘑菇就去捡。其他时候,他们和在草原上散步的人无异。

其实,这样的情景在昭苏实在常见。

昭苏草原春夏的新雨后,旷野上的马匹羊群悠闲自得,风吹草低间,偶有三五人在地头找寻什么。

他们基本都是附近放羊的牧民,找的是蘑菇。昭苏草原土地肥沃,一场雨后往往蘑菇如新笋般冒出。他们都已经捡出经验来了,哪里的多,哪里的少,哪里的大,哪里的小,个个都了然于心。在各自的地盘,个人捡个人的,互不干扰。然后一起骑着摩托车到团部,原是要卖给菜店,但往往在半路就被附近开饭馆的人截下来了。

谁若有口福,就会吃上一盘素炒蘑菇、蘑菇炒肉、蘑菇炒蛋,或许酒过三巡后还有蘑菇汤端上来。这样的生活,在团场的阴雨天,隔三岔五地就能遇到。这样的生活,多少年了,大都如此。

以前读过汪曾祺的《菌小谱》,他在此文中写到过许多种蘑菇。我最感兴趣的就是他提到的草原上长的口蘑,以及奇怪的蘑菇圈。没想到,我生活在草原后也常常得以见到。

只是我不知道那是不是汪先生说的口蘑,我把它称为"草原蘑菇"——长在草原上的蘑菇嘛。当地人更简单,统一称之为"野蘑菇"。

我也曾捡过草原蘑菇。

那是刚到团场不久,我就被安排到了离团部最远的一个牧业连队。和其他几个连队干部一起待了大半年,忙的时候忙得要死;闲的时候,我们就自得其乐。初春,我们围着火炉聊天、斗地主;春耕春播时,我们就跟在机车后面满条田地跑,一眼望不到头的条田,望久了,心胸也自然开阔了。

那真是一段潇洒的日子。

春播时,我们最期待的就是下雨了。下雨就可以好好休息,睡到自然醒,然后开车到地头看看,要么去钓鱼,要么去捡蘑菇。几个大男人,相约去草原捡蘑菇,在偌大的草原也算少见。到底是没什么经验,所获往往不多,唯有一次,见到了汪曾祺写到的蘑菇圈。结果就是捡完拿到连队食堂,再从牧民家里买了两只草原鸡。做了素炒蘑菇和红烧辣子鸡,几个人围着两大盘菜喝酒,喝到酩酊大醉,就躺在宿舍里睡觉。

这样的生活,次数到底少,一年可能也就那么一回。

※ 没有长大的山 ※

昭 苏 记

我又回到了昭苏。也就是说,我正在美丽的昭苏。

也是去年这个时候,在一个清晨,我坐着一辆皮卡车翻山从这里离开,车斗里装的是我四年来的家用物品。此后的一年里,我又数次匆匆而来,匆匆而回。一路上的二百公里,经历过雨也经历过雪,经历过秋也经历过春。

但是值得再一次强调的是:此刻,我穿越7月的花海和草海,翻越三千米海拔的白石峰,又一次来到了昭苏。

过去的几年里,我一直生活在昭苏边关,和草木为伍,与河流为邻。如果你认为我现在这么说纯属矫情,那么我将和你辩论,就坐在昭苏随便哪一条河边,看风从身边经过,然后我们谈论草木和河流,果真如此也甚好。

那些年在昭苏高原生活,说忙碌也忙碌,但心情更多的是放松。休息时,躺在草地上,听草木低吟;喝茶,看5月落雪,看7月落雨。看着雨雪滴落在草木和草木之间,看一些河道在雨水里很快地形成,然后过几天又恢复为草原的样子。只是后来我才知道,对于这里,我仅是一个路过的人,即便住得再久远,也终将会离开——它们不属于我,或者不属于不是这片土地上的任何人。

终将会离开的还有此地的草木,生长了五十多年的新疆杨,康苏沟里生长了百余年的雪岭云杉,经我手种在阿依娜湖边的百亩榆叶梅,将会在雨水里一点点被消耗,也终将会被风带走,和世居于此的人一样,长眠于此。刚住进这片土地时,我还不知道,距离我住的房舍不到两公里处就是一片墓地,埋葬的都是开疆拓土的老军垦人。墓地就在河的另一边不高的山坡上。曾经的某个上午,我从耕种的条田被紧急地叫到这个山坡。看着散落在草地上的铁锹、榔头,我们将要在中午之前挖好一座坟坑——昨夜又一个老军垦人没熬得过时间,走了。那是我第一次走上那个山坡,看着立在阳光下的碑石,它们长久地与草木为伴了。

时间就在草木间溜走了,我来新疆已经整整十二年了。十二年又被平均分成了三节,其中重要的一节正是在昭苏的四年。这当然是我离开后才逐渐意识到的。

当我在昭苏的旷野中漫无目的地奔走时,遇见了去年的干草垛。经过一个冬天和春天的雪雨,草垛还没有矮下去。它们堆在康苏沟口,旁边是一排排牲畜圈舍。干草垛经有经验的牧民之手堆积,形状各异而在风雪中不倒。当年,作为一个远道而来之人,我会想过住几年就走吗?事实往往都是如此,年轻人的脚步总是匆匆,而年老者早已习惯了高原的干旱和洪水,在不多的风调雨顺的年份里种地。

4月以后种下油菜和麦子,秋天等待收成。

为了装点生活，还会种下几十亩香紫苏。在7月的油菜花丛，会有人以紫色为坐骑穿梭在草原深处吗？或许，那时西极马的蹄声会穿越丝绸古道，在干草垛前做瞬间的逗留。

殊不知，没过几年，这种和薰衣草同属唇形科的植物，主要用于提取香料的香紫苏，在昭苏高原已经是仅次于小麦、油菜、马铃薯的主要种植作物了。如今，一到7月，昭苏高原除了以前的黄色油菜花外，又多了一种紫色的香紫苏，这也引起了不少人的好奇，在前往格登碑、夏塔古道的路上，有人会专门去看看和薰衣草不同的紫色香料，甚至有人专门驱车两百公里只为一睹传说中的香紫苏。

我觉得，看过的人大概都有不虚此行之感：脚下是紫色的香紫苏，往远处是连绵的黄色油菜花，再往远处是无垠的绿色草原，更远处是银白色雪山，再往远处就是蓝得不能再蓝的蓝天了（昭苏的蓝天，实在值得大书特书）。色彩清晰，层次分明，油菜花黄，香紫苏紫，如茵绿草，即是昭苏夏日的主色调。

昭苏的雨也是说来就来。尤其是夏日的云彩里，说不准哪一片就裹挟着一场短暂的急雨。说不上是幸运还是不幸，当我在解放桥湿地漫游的时候，就和一场不期而至的雨偶遇。结果，我无处可避，全身淋得湿透，好在很快就艳阳高照，晒干了衣服上的水分，而心还是湿湿的。曾经的一些时光里，我是多么期待着有一场说来就来的及时雨浇灌庄稼，让油菜花花期延长，让正在灌浆的麦粒更加饱满。

去年，我临走的前夜就是彻夜的雨和失眠的夜。现在看着落在草原上的雨，再远望湿地那边我曾生活过的土地，往事不免随着雨水打湿的土地一起蔓延到看不见的远方。

站在解放桥，看着河水滔滔，我发了一条朋友圈："解放桥湿地，曾经钓鱼、徒步、浪荡的地方。"配图是湿地、河流和七种不同的野花。那些年，有时周末不回市里，就常从团部徒步到解放桥，坐在河边，看水流，看马群蹚河而过，有时候也约三五同事钓鱼。

我们通常都是周末睡到自然醒后，到老地方集合。然后就是采购，火腿肠、卤肉、花生米、啤酒……鱼饵是老早就准备好的，一群人浩浩荡荡地就往河边去了。等到了河边，放眼一望，钓鱼的人比鱼都多。但这并不影响钓鱼人的心情，在找钓鱼位置的时候，一路遇到的都是熟面孔，停下来聊几句，抽根烟，接着往前走，到各自常钓的地方去，剩下的时间就各显神通。没过多久，只听一声惊呼从远处传来，不用想都知道那是上来了一条大鱼。紧接着就是一阵艳羡声传来，周围的钓鱼者信心也更足了。

这是他们，我们还是钓我们的，或许在乎的只是过程，对结果如何就鲜有关注，也许大家也关注，但都没表现出来。一直以来，我的耐心极其有限，根本受不了钓鱼这种漫长的等待，不停地换着"根据地"，一天下来，往往无所获。

很多时候钓了一段时间后，肚子便开始饿起来了，鱼竿还继续放在河边，我们已经把带的垫子铺开，吃的喝的都拿出来，剥着花生，嚼着豆腐干，吃着火腿肠、卤肉，开始喝啤酒。酒足饭饱后，钓鱼的心思真是淡多了，往往都是躺在草坪上，一觉睡了过去。

没有长大的山

以上是过去的生活，现在只能想想，甚至只能偶尔想想，不能多想。那些年在昭苏垦区，真是过足了惬意生活，尽管也常常忙得昏天暗地。

昭苏的云是我极爱的。"冬天多云，不过太单调了。还是夏日的云多变化。夏日的云比冬天的少。从云的妙趣上说，我以为从春到夏更有意味……"这是从岛崎藤村的一本书里读到的。然而，昭苏的云真是四季都好。所以，我写了一篇《会走路的花》来记录我曾经在昭苏看过的云。也许仅仅只是偶然，这成了我离开昭苏后写的第一篇文章，还意外地被《散文选刊》转载了，我把这些都归结为昭苏的赐予。

我们是正午抵达阿合奇草原的。抵达之初，就看到草原边缘的油菜花黄漫无边际地涌来，顿时让我们这些远道而来的闯入者失去了再走下去的勇气。于是，决定当晚就住在草原上，整个下午也不做其他任何安排，就在草原上漫游——一直漫游。

此刻，这样的下午，我们都是草原漫游者。

整个下午，在草原上席地而坐，我们这群来自天南海北的人围坐着漫谈，有风吹过，有羊群和马匹经过——我们互不打扰。我们是和平相处的草原子民。

望着脚下的草丛，也难免会想起昭苏即将在9月底到来的漫长冬季。岛崎藤村就曾经在文章中说，人被漫长的严冬封锁着，哪怕看到路旁的杂草也感到亲切。在昭苏，我深有体会。当春天的第一片嫩芽破土而出时，我觉得应该有一场盛大的仪式用来昭示：冬天已经过去，春天来了。

草原上的漫游和漫谈不免会让我想起十多年前，高中时代读金庸小说里写到风陵渡渡口那样的夜晚，郭襄第一次听说杨过的事迹，一颗爱慕的种子开始生根发芽。想象就是如此天马行空，昭苏的草原就是如此任性，如此适合天马行空，谁让这里是天马的故乡呢？

在这样的下午，风中的草原，草原上的风，让我知道风是养不住的。草原的一切即便暂时能养住，也不归我也不归你，它们终究是牛羊的。隐约中，风带来一阵阵冬不拉琴声。当我们再次凝视不远处的油菜花海时，不知什么时候，草原女阿肯（哈萨克族民间歌手的通称）阿依波塔从毡房拿出了自己的冬不拉，在地头弹了起来，伴随的是轻声的吟唱。她一边弹着冬不拉，一边跟我们闲聊，从她语焉不详的话里，我们知道，她的父亲在三年前去世了，母亲带着她和弟弟相依为命……

听着阿依波塔的琴声和吟唱，忍不住就想起了一直在看的主题电影《鲜花》，电影里的平民女阿肯古丽比克和正在弹唱的阿依波塔是如此相像——草原上所有的女阿肯都是"鲜花"。

草原黄昏长，炊烟日月短。炊烟升起时，黄昏也就跟着来了。我为了看阿合奇草原上的星空，晚饭还没吃完就跑了出来，一个人漫步在毡房周围，抬头望天，一种辽阔扑面而来，白天的油菜花已经隐入夜色中。我就静静地站在暮色中，听毡房里传出的声音。

很快，歌声传了出来，我又听到了熟悉的《故乡》，是用哈萨克语唱的。我曾经生活在昭苏高原，那时多少次酒到酣处，必然会想起这首歌，翻译成汉语的歌词也慢慢熟记在心了。

歌手在颂唱故乡时，总是最让人感动。

伴着歌声，又吃到了平锅羊肉，记忆中的味道还在唇齿间流淌。平锅羊肉一上来，满桌都要沸腾，都要举杯——满杯喝完。据说，吃平锅羊肉在昭苏草原是最美的享受。

"也许，是在一个初夏，牧草刚刚开始丰美。牧民们从冬窝子迁徙出来，一路上带着毡子、平底锅，做饭烧奶茶就用沿途干了的羊粪。路程走了一大半了，奶茶喝了好几壶，馕也吃了不在少数，可还是想吃烤肉。没有烤肉架子，没有炭火，没有扦子，就一切从简吧。把切好的大块羊肉随手撂到平底锅里，撒上孜然、盐巴等。盖上锅盖，为了熟得快一点儿，在锅底用羊粪烤着，锅盖上也放了厚厚的一层羊粪点燃，上下文火共同烤之。这是慢工出细活的过程，好在草原上最富余的就是时间。肉在锅里烤着，放牧的人找一块平坦的地方，铺上垫子大睡一觉。等醒来，羊粪基本快灭了，肉也熟了。"

以上是旧作中的一节，现在我忍不住重抄一遍，犹如又吃了几块平锅羊肉。我这是在以文止馋，纯属无可奈何之举。

这一夜，我们都生活在月色的梦中，夜色苍茫。一夜之间凝结的露水打湿衣襟，让赶路的我们更显匆忙——我起得比往常早得太多。

晨光中的草原，安静得听得见马群啃草的声音和乌鸦扇动翅膀的声音。抬眼望去，有马群、羊群、油菜花群、各色野花群、乌鸦群。用手机随手拍了几张照片，顺眼看了下时间，还不到七点一刻。我知道，我们终将要离开。

可是，我为什么要离开呢？

草原的教诲

一只鸟停落在马背上时,马正在低头饮水。草原上顺流而下的低浅窄河道里水流缓缓。马群饮水显得悠闲自在,没有争抢,草原上的秩序也是无处不在的。

说是鸟,其实就是一只乌鸦。还有一大群在天空飞旋,是想择机停落在哪一匹马背上吗?我不知道。在草原生活时,好像也未曾留意过。

也许有一天我会重返,将和吃草的羊、饮水的马、低飞的鸦群对视,互相打量而不发一言,时光也会静止。

除了乌鸦,在草原上,尤其是山区牧场,大概还有许多其他的什么鸟默默关注着走动的羊群和放牧的人。在看《醒来的森林》时,我就常常纠缠在众多鸟类之间,它们的名字常常让我顾此失彼,结果就是在文字之外,我更多的是在凝视插图,我见过的、没见过的,都以插图的方式和远方的草原、森林打招呼。

现在有这么多好图片的书,实在太少了。何况我还是在昭苏高原,虽是满眼绿色丛林,但视野的狭窄如同牛羊饮水的河道,经不了几个草场就会断流。翻书的时候,和我在昭苏草原见到的鸟类来比对，几乎没有一样的。在昭苏，谁会为它们写一本书呢？

即便有了鸟儿，草原的寂静也会让习惯了都市生活的人感到不适应，千方百计地想制造一点儿声音出来。或嘶吼，或高声歌唱；或找一块石头砸进河流，听水溅起的声音。这一点点水，打不出水漂儿，不然会有趣得多。然而，面对风，这一切都是徒劳的，风带走的远不止这些，还有花香、水流、种子，属于草原独有的气味……

然而，在这样的荒野草原，羊群之外，除了鸟类，还会有谁关注时光的流逝？它们有激情，在翅膀扇动的间隙，草原、山林会更显清晰。偶有人骑马挥鞭而过，山林依旧，也许会听得见坐骑气喘吁吁的声音，寂静已经笼罩这样大片的绿色原野。

马蹄夹带的草籽穿河而过，来年开春，又将有另一片草场一夜之间在荒野闪闪发光。

然而，我说了这么多，依旧抵不过莎士比亚的一句话："我们这种生活，虽然远离尘嚣，却可以听树木的说话，溪中的流水便是大好的文章，一石之微，也暗寓着教训，每一件事物中间，都可以找到些益处来。"

第二辑 远山水长

年华此日同

正月初一,阳光晴好。

昨夜是在鞭炮声中闲翻书度过的,我翻的是清代发配、戍边到伊犁的文人、将士的诗文,专找写除夕的诗句来读。雍正末年、乾隆初年,阿克敦两次奉使到伊犁,在伊犁度过了一个除夕,并赋诗《伊犁除夕》以记之:

> 兰蕙谁为伴,虎狼深穴中。
> 柳墙残雪白,毳幕客灯红。
> 风景他乡异,年华此日同。
> 明春新月上,马首好行东。

此时的阿克敦大概不会想到,他的儿子阿桂会沿着他的足迹来伊犁驻守,成了历史上第二任伊犁将军。

林则徐当然也在伊犁过过除夕。前些年,在旧书摊淘到过一本《林则徐在伊犁》,收有林则徐在伊犁期间的日记、诗作、书信。除夕又拿出来翻翻,发现此书已是三十六年前的旧物,比我年轻两岁。

在伊犁的除夕,林则徐写有四首《除夕书怀》,在写"三年漂泊居无定"一句时自言:"庚子在岭南度岁,辛丑在中州河干,今又在伊江。"而林则徐癸卯年的正月初一也是忙碌的,有日记为证:"五鼓焚香,望阙叩头,又拜迎诸神。黎明邓嶰翁前辈来,遂与同至福泽轩、文一飞寓中,并邀一飞赴将军、参赞处贺年,俱晤谈。又於同城内互相答拜者二十余处,惟花毓堂一处得晤。午后文一飞来。是晚,嶰翁及子期、吟仙俱来,同饭,二鼓散去。"

林则徐笔下的邓嶰翁即为邓廷桢,字嶰筠。当年,林则徐、邓廷桢同心协力禁鸦片,同时被去职,后又同时被遣戍伊犁,因林则徐途中修黄河决口而后邓廷桢到达伊犁。二人时有诗文唱和,并辑有《邓林唱和集》。正月初一至初七的七天里,他们有六天待在一起;不在一起的正月初五,邓廷桢作了一首诗《立春前一日雪》送到林则徐处,林则徐即和了一首《和嶰翁立春前一日雪韵》。

正月初一,电话、微信视频拜完年,抄读了一首杜甫的《北征》。编者在注释中解释说,洋洋洒洒七百言追叙了诗人从凤翔返回羌村一路的历程、感想以及归家后的所见所闻。窗外还有零星的鞭炮声,此时读什么诗好像都能引起些许乡愁乡思。

细数起来,已有十二年未回乡过年了。昨晚翻清人集子,收有两首王大枢的诗。1788年,王大枢将赴吏部铨选时因"会以公事"获罪,谪戍伊犁一待就是十二年。"可惜亲知都莫晓,几疑愁绝是边城。"他的《西征录》《天山赋》《天山集》一直是我想读而不得的。

王大枢赦归二十六年后的1826年，另一个安徽人方士淦遣戍伊犁。方士淦比王大枢幸运得多，在伊犁只待了两年。1828年赦归时，方士淦逐日记录自伊犁戍所至长安的行程，并成《东归日记》。有一年，我自伊犁回乡，行前专门打印一册携至路上阅读，仿佛是追寻前辈乡贤所行之路。

方士淦归乡后闭门读书，但和方士淦同时遣戍伊犁的庆辰依旧在伊犁，他在伊犁等到了邓廷桢和林则徐。在林则徐未抵伊犁前，他就已经在伊犁为林则徐租赁好了房屋。林则徐在伊犁期间的日记中，常见庆辰之名。

和往常一样，我步行到伊犁河边，望河，踏雪，寻春。河边芦苇枯白，偶尔惊得几只野鸟飞起，仿佛在说："春天还得再等一等。"

这个冬天下了几场格外大的雪，此时的河畔、野外，雪地连着雪地，被向西流的伊犁河水隔开，远处继续雪地连着雪地。再过月余，此景将如浙江人庄肇奎所写的"伊犁江上泮冰初，雪圃才消未有蔬。齐向鼓楼南市里，一时争买大头鱼"那样，冰雪初消融，菜蔬还未长出，伊犁河中的鱼开始上桌，成了佐酒的佳品。在伊犁十年，庄肇奎没少来伊犁河边走走，"一水西流万仞山，乱鸿风急野凫闲。天应有尽愁无尽，故垒春寒燕未还"也是庄肇奎的诗，他的无尽之愁就像伊犁河水一样流到看不见的远方。

当年，如庄肇奎这般远离故土至伊犁的文人将士，常在伊犁河边赋诗饮酒，排解愁闷，借诗言志，以诗抒怀。方士淦在《伊江杂诗》中有云:"浩浩伊江水,春来浪拍天。南山插云里,北岸近城边……"江苏人徐步云在伊犁遣戍四年,在《伊犁江》中写道:"将军射猎秋江上,烟尘不动江声壮。腐儒唯有一渔竿,春来拟待桃花涨。"

1773年春天,徐步云已经从伊犁离开了。在乾隆皇帝巡幸天津时,徐步云献上了所作《新疆纪胜诗》三十六首,其中一首云:"伊犁江水向西流,溅雪喷雷古渡头。捉著马鬃扳马背,等闲浮渡似轻鸥。"

此时,行走在伊犁河边,依旧一水带沙流。当年写诗之人,或赐还,或客死他乡,只有所写的诗作还在这片土地上流传。

伊犁河边多小水潭、湖泊。临近望河亭的一处湖泊,某日飞来了两只天鹅,并栖息下来。被人发现后,时有来河边休闲散步者来喂食,不过两年,来这里越冬的天鹅竟越聚越多,达到了二十多只,原来无名的湖泊也便约定俗成地以"天鹅湖"来命名。当地政府设立投喂台,并配专人日常巡逻,为天鹅做好服务。

此刻的天鹅湖,太阳西斜,天鹅游弋,落霞与群鹜同在,冰雪共长天一色。近处水光水色映照千层,远处冰岭之冰雪山落雪。

回来的路上,遇见三五成群的孩童跟着大人来看天鹅。相比天鹅,他们更感兴趣的是雪野,在雪野里奔跑、打闹、打雪仗,遇有斜坡处直接坐在地上滑起了雪……笑声穿透雪地被河水带到远方,无端地想起一句曾看过的诗:"而雪,继续落在雪上的那个童年。"

火候未到

小雪随笔

时令已是11月下旬，正是小雪节气，在边塞之地的伊犁可克达拉却整日细雨。临窗抄诗，室外树枝光秃秃的，如入水墨。院中长着的萝卜和白菜已在雨前进了菜窖，只余蒜苗和莴笋，平添了绿意，如画中不经意的几点墨色，让画面生动了不少。

近几月来，每日抄读一两首老杜的诗。上个月更是下狠心买了一套宣纸印的一函四册《杜工部集》，只为字大行稀便于抄读。

坐在窗前，边抄边停，时而发呆，抄《后出塞五首》用去了大半个下午。也是巧合，一个多月来，睡前翻几首《历代西域诗钞》也是一种回望，回望历代诗人在诗中抒发的情怀。

没想到，初冬的一场细雨竟然持续了整日，至夜不停。此时是零点三十五分，我关了灯站在卧室的阳台上，路灯下雨丝如线，雨珠滴落在院子的铁皮屋顶上，叮咚作响，夜显得更静了。

约翰·缪尔在《夏日走过山间》中写道:"几乎所有雨滴都能找到一个美丽的地点落下……"

雨滴落下的地方都是美丽的。卡尔维诺在"田园诗"前加上了"艰难的"形容词,在"记忆""爱情""生活"前都逐一加上了形容词"艰难的"。新买的一本书,只翻到了目录,我也不免望文生义一回,真是"艰难的"。

望文生义在白天也发生过一回。翻边塞诗,见到了诗句中有一个"一碗泉"的地名,生发了许多望文生义的遐想。关于地名以及由此而生发出的故事,真应该为这个地名写一篇小说啊。在新疆,很多地名都很"小说":一棵树、三十间房、六十户、八家户、六户地、六斛地……我甚至常常沉迷于地名词典,一部《西域地名考录》曾被我当成小说翻过,每个地名都有相关的人和故事等着延伸。

火候到了

作家刘烨园说:"火候到了,写张便条亦有气韵。"

阴雨天,靠着暖气翻便条集。"便条集"是我给它起的名字,实则是齐白石的便条。我将它们打印下来,辑成薄册,看文看字。

"卖画例:无论何人,不赊欠,不退回。少一文钱不卖。招饮不画,送礼物不画,介绍不酬谢。刻印亦然。"

"卖画不论交情。君子有耻,请照润格出钱。庚午秋七月直白。"

"绝止减画价（吾年八十矣，尺纸六元，每元加二角），绝止吃饭馆，绝止照相。"

"有为外人译言买画者，吾不酬谢。壬戌冬白石翁。"

"凡藏白石之画多者，再来不画，或加价。送礼物者，不答。介绍者，不酬谢。已出门之画，回头补虫不应；已出门之画，回头加印加题不应；不改画，不照相，凡照相者，多有假白石名，在外国展卖。假画场肆，只顾主顾，为我减价定画，不应。九九翁坚白。"

"花卉加虫鸟，每一只加十元，藤萝加蜜蜂，每只加二十元。减价者，亏人利己，余不乐见。庚申正月初十日。"

虽多和润格有关，但写得真是气韵挥洒，字自如，文自在，真正的"火候到了"。

我认为最有火候的一张便条是：

"奉橘三百枚，霜未降，未可多得。"

新春试笔

正月初一，天气晴好，诸事皆宜。

宜登高。近处无高可登，更无一览众山小之处。早饭吃过饺子后，一家人便去了离家不远的望河亭，姑且当是登高。望河亭在伊犁河边，站在亭边可看到伊犁河水滔滔向西流去。

清朝，在离可克达拉不远的惠远城有一座望河楼。惠远是当时伊犁的中心，流放至此的文人们身在边陲，心在朝廷，亦还有唱和的雅兴。于是多诗句，诗句中多望河楼和伊犁河。

"伊江南望是天山，山自高高水自闲。""伊犁江水向西流，溅雪喷雷古渡头。""登临西北有高楼，泛览何须遍十洲。盼得槎回人亦返，乡关依旧水东流。"……得益于伊犁文史专家游牧天山，下苦功夫编得的《清代伊犁诗词选》《清代伊犁惠远望河楼诗选》，近年我常常翻阅他们的诗句。

望河楼早已成绝响。多年后，可克达拉新城初建，根据当地文化人士的倡议，在河边修建了望河亭。亭建成，亦偶尔有诗人来此采风吟诗。因家住小城，亭在咫尺，闲暇常来，不作采风，只是望河。今日初一，亦不例外。

今冬天气异常，异常在少雪，只下过一场像样的雪。小城居民区的雪已经化完，郊野的望河亭周边和树丛山坡河沟的积雪还多有残留，无雪可赏的冬日，此雪可作为慰藉。

孩童在雪野山坡树林奔跑，惊飞野鸡数只。沟渠边芦苇细长、干枯，小儿折枝做钓竿，在河边细流中做钓鱼状，乐在其中，乐此不疲。

亭下，河边垂柳已在吐露芽苞，等地温渐升，含苞长叶。河水中有野鸭数群，嬉戏在水草石流间，春江水暖鸭先知，再过三日立春。

下午在家，临了两张字。重看《书衣文录全编》，电话中听谢老师谈孙犁先生，常有醍醐灌顶之感。年近四十，在新书之外，更看重重读之书，更在意的也是重读之乐。

我的老乡王大枢曾谪戍伊犁十二年方才赦回。在伊犁时，他作有"我辈却须文字饮，也攀秋色作琼筵"之句，让我得以在河水饮后又以文字饮，作《新春试笔》如上。

立春随笔

立春的清早,去附近的湖边公园走了走,一来一回近五公里,可当作晨练,也可当作望春。寒气渐散,冷风吹在脸上已无刀割之感。过去的一年,尤其是冬日,在天刚蒙蒙亮的八点半出门,对如刀之风深有体会。时虽只隔了三两日,风已不是往日的风。

远看湖边早黄浅,近看却是水色新绿如酒,这是在新疆。如若是安徽老家,春天已经初露枝头,随风摇曳。绕湖而行,朝阳垂柳先知春。

小儿初识几个字,看书架上的书名《立春以前》《立春以后》《立春前后》,觉得很好玩,问:"都是写春天的书吗?"

抽出周作人的《立春以前》来看,实则只是看了一篇《杨大瓢日记》。年前,从图书馆借出了一册浙江美术出版社出版的《大瓢偶笔》,每日抄读一两则、三五则。岁月静好,在负一楼(书房)安静地看几页书,看窗台上长寿花红、水仙花白。

前些日子,阳光正好的时候,拿了本《书房一角》到人民公园小坐。自从单位搬了地方,离公园近了,午休时分常静坐公园,看人群熙攘,看人群散去。那日,带的书没翻两页,倒是在手机便签上记下了半篇短文。

近两三年来,无心为文,抑或是力不从心,偶尔能得半篇,我觉得是意外之喜。

纸上江南

看了陶文瑜的《红莲白藕》，就要看潘敏的《见花浪漫》吧，他们都在苏州写作。

江南的写作者都是隐藏的高手，不动声色地拿出一篇好文章，不久后又不动声色地拿出一篇好文章。就像桌上的菜，一盘又一盘，都是家常的，爽口好吃，吃了一次就让人难忘，吃了还想吃。清清爽爽的太湖三白味道真好呀，就跟他们的好文章一样。

我没吃过南方的山珍海味，其他许多地方的山珍海味我都没吃过，也没想着去吃。小桥流水的烟火人家才是我的饮食归宿，苏州人杰地灵，物华天宝，美食如云，好文如流水，到处都是。

《见花浪漫》中，我曾看过其中的一篇。那时刚收到书，我在公交车上就随手翻开了，翻到哪一页看哪一页，结果是《雨中临帖》。很短的一篇文章，过几个红绿灯就看完了，书也合上了——不敢看了。这样的文章，我写不来。再看下去，我这一两年就别指望写自己的文章了。现实的结果是，我没接着看下去，接下去的一两年也几乎没写过文章。停笔容易拿笔难，现在是键盘时代，现实的结果是，打开一个空白的文档，放在键盘上的五指不再灵活，麻木笨拙，不知所言。

在塞外的一个雨天，我又重新拿起《见花浪漫》，企图和江南纸上相逢。

夜雨寄北

住在湖边的第八日晚上,电闪雷鸣。久居新疆,身体干涸,住进来伊始,绕湖边散步时,时有跳进去浸泡躯体之妄想。

湖边幽静,草木多,花鸟多,奇石多。每日早晚散步也不得闲,忙着识别花草树木,忙着听鸟鸣,忙着给石头命名——属于我的独一无二的名字。

此刻的闪电,和灯光完美地融合,只剩下雨声隔着窗户传进来。

我在远离第一故乡和第二故乡的地方听雨声,看庭前树木葳蕤。我的两个故乡也在雨中。下午在湖边散步时,见枇杷树,偷摘枇杷两颗而食,酸而爽口,多年未尝了。老家门前有一棵枇杷树,我北上西北读书之年所植,如今已有碗口粗。

枇杷晚翠,梧桐早凋。滴水湖边多枇杷,无梧桐,有翠无凋。

湖水汤汤,雨水滚滚。我仅仅只是一个过客。

以 往

雨是夜里下起来的。

很久没下这么大的雨了，下得稀里哗啦、噼里啪啦的，从梦里惊醒，又迷迷糊糊睡去。早上起来，雨还是下得很大。看时间，才八点多，洗漱后就去上班。小城虽小，每日早中晚都堵车堵得厉害，今日大雨，更会如此，宜早出门。

冒雨从小区走向停车场，未打伞，上衣穿的是冲锋衣，戴的帽子也是衣服上的，都可以隔雨。季节的更替，总有一些气候的征象，夜雨秋来寒，一场秋雨一场寒，都是如此。

这场雨来得毫无准备，让人措手不及。大雨倾盆，车就开得慢，路上果然已经开始拥堵了，原本二十分钟的车程，愣是开了四十几分钟。到了单位，整个办公楼里空荡荡的，更显静谧。我如一个贸然闯入者，轻手轻脚地到办公室，开门、关门、开灯，静躺在沙发上，在同事来前翻几页书。

书是华诚兄的《素履以往》，早上临出门前放在手提包里的，想趁午休时看几页，以便静心。昨天收到时，随手翻看几页，随处都能看下去，这是一本静心之书，是华诚兄的山野行迹的记录，是一本停下脚步反观自己生活的记录。

窗外渐渐亮堂起来，从所处的四楼往外看，是熟悉的风景，高过楼顶的青杨在风中飘忽不定。因为是顶楼，管道排水的速度跟不上积水的速度，耳边水流声不断，宛如静坐河边。河流、山川从纸页间走出来，我置身其中，从"微小的事物里，发现巨大的快乐"。

书中的第一篇《一场雨突然而至》，昨天就看过，如此在雨声中重读，仿佛是在雨中漫游。多久没有在雨中漫游了？已近年底，此前雨水少得可怜，经常是细雨还没来得及湿透地面就被一阵阵大风刮跑了。

没下雨的早晨，我都要晨练。

说是晨练，其实就是漫步、散步。前些时候，公园的门是关着的，我就在附近的小巷里溜达，经常有意外的风景。记得第一次走进这个巷子，还是在春日细雨的清晨。那日，上班前路过公园，照例想进去走走，不想竟关门了，可能是因为下雨吧。彼时人已经到了，离上班又尚早，便拐到公园后门的巷子里去转转。虽居小城十多年了，却并未来过这里，连经过都未曾有过。

巷子是伊犁特有的小巷，绿植很多，此时正是花季，绿树浓荫，花开各色，仅丁香花就有白、紫、粉三色。有一家门前插种的一排玫瑰含苞待放，斜对面门前桃树下有两丛郁金香，红、黄、紫、白色均有，花开得正盛，还挂着雨珠。

巷子收拾得干净利索，偶有三五少年走在上学路上，也没撑伞，冒雨而行。一路走来，见到的花就有苹果花、桃花、连翘花、海棠花、白芷花、榆叶梅、樱花、郁金香、木瓜花、杏花……数十种之多，用"形色识花"App逐一识别，仿佛是在上一堂植物课。路边长得高大的是杨树，青杨为多，间杂着的白杨为本地人所独爱。

巷中步行，随走随停，往前走了近一公里，有一岔道，巷子一分为二，都是幽静的样子。我折身而回，也算是乘兴而来尽兴即归。

而近几日走在巷中，风景虽好，惜乎人车俱多，比春日时多了不少。故待公园一开门，还是恢复到公园里走路，虽人多嘈杂，但不用分心注意来往车辆，可以行走时天马行空地乱想。前几日在漫步时随手记下所见，发在朋友圈："公园里晨练，所见者有跑步者（分慢跑、快跑），有散步者，有打羽毛球者（其中一组，经常打着打着就因一个球吵起来），有打太极者，有打拳者，有练武者，有跳（各种）舞者，有以背撞树的老者，有拍照者，还有各种说不出项目的运动者；当然，也有一边走一边野兽般号叫者，有林带深处吊嗓子者，有并排慢悠悠地走着让你无路可走者。他们构成了人间烟火，世间如此美好。"

现在，我正坐在四楼，在这样的清晨，听着湍急的排水口出水的声音，感觉如此清静。记得刚来此地上班时，不情不愿。这两年飘零在单位以外，在村里待得刚适应时，又被借调到了这里，只是人在其中，身不由己时居多。唯一值得安慰的是上班的地方位于校园里，环境好，进门的草坪中有两棵玉兰。我来的时候正是花期，一进门就见到盛开的它们，心情明朗些许。

来报到那天，提前到了半小时，在院子里没有方向地走了走，竟然在大路上遇到了一只小松鼠，见有人，它迅速跑到了树上，树是法国梧桐。在院内走了一圈，树比人多，树多是小松鼠待过的法国梧桐，路边长着的是杉树、垂柳、白杨，当然，杏树、苹果树是少不了的。走在其中，开始慢慢调整起心情。后来的日子，发现在这里忙是忙点，但环境不差。

中午下楼吃饭时，见有工人从他处移栽了三棵连翘，阳光下的嫩黄生机无限。每日临窗坐在四楼，一有风就能听到青杨叶子的簌簌声，如浪涛。青杨长得高，已经长过了楼顶。我有时甚至会停下手中的工作，靠在椅子上闭目聆听，算是工作之余的休息。

周围的情况是慢慢熟悉起来的，到了5月，已经很熟悉了，午饭后都要到单位对面的巷子里走走。巷子路边多是桑树，桑葚正熟，熟透的自然下落，风吹过也落下，车轧过，人踩过，被堆在树根下化作肥料。路面扫过后依旧黏稠，会粘住鞋底。也有不少青杨高高耸立，一树浓荫就在一墙之隔的院子里。巷子里仅有一棵沙枣树，花开得浓烈，香味浓郁。

此后，在巷中感受着日月短长。

小巷中，先是桑葚落满地，白的、红的，红得发紫发黑的。桑葚还没落完，又是风吹杏子落，黄色的影子一闪，落在地上就摔烂了。先杏子而熟的是樱桃，只是樱桃一熟就被摘完了，红红的樱桃在枝上挂不了几天。此时，旁边苹果树上的果子已经有鸡蛋大了。如鸡蛋大的还有核桃，青绿青绿地挂在枝头，憨态可掬。巷口的一家久无人住，树上的桑葚也没人摘，于是门前桑葚遍地。挂在树上的白桑葚熟过了，颜色便白得透明，黑桑葚便黑得发红、红得发紫。落在地上的多了，地面被染成了黑红黑红的，不知得要多少场雨水才能冲刷干净。

日复一日地走在巷子里，我曾细致地看着果树从开花到结果，再到采摘。在一场风一场雨中，果子慢慢变大，树叶慢慢变黄，一年又要过去了。

银杏三段

一

深秋的一日,散步至朱雀湖,随手拍了几张银杏树叶和金黄树叶发在朋友圈,生活在赛里木湖畔的朋友评论问:"可克达拉也有银杏树?也能种活银杏?"连着的两个问号,表达友人对远离南方的西北边陲伊犁竟然也植有银杏的惊讶,而且还长得很好。友人的惊讶,也让我知晓了银杏活着不易。

可是,可克达拉为什么不能种活银杏呢?

确实,在伊犁其他地方,银杏见得不多。但在我生活的可克达拉,银杏却是多见的。

可克达拉是一座小城,人口只有几万;可克达拉还是一座新城,挂牌成立还不到八年。它的名字来源于著名东方小夜曲《草原之夜》里的一句"可克达拉改变了模样"的歌词,几年里,银杏和胡杨一起生长在可克达拉的各个角落。

可克达拉在新城规划、建设时,市区内到处是小桥流水、湖泊垂柳，水是西北水，桥却多是江南式的拱形石桥，每座桥都征集有名称，请书法家书写后刻于桥上。其中一座杖藜桥，即出自在伊犁生活过多年的作家王蒙之手。

建城之初就广植草木，主干道边所植多为法国梧桐，如今已经蔚为壮观。其他许多树木是花了诸多人力物力从外地运过来的，不知现在多见的银杏是否也是从外地运来，当时我没住在这里，现在也没想着问问。银杏们就日夜生长在眼前，一日日长高长壮，七八年过去，当初从外地移栽过来的树木都成活得旺盛葳蕤。

二

十几年来，我久居伊犁，回乡的次数越来越少了。我的故乡在安徽，也多植有银杏。在我还没搬到可克达拉时，回去过一次。友人陪着我到处走走，就走到了惜抱轩银杏树跟前。

乾隆三十九年（1774年），后来被我们称为桐城派三祖之一的姚鼐辞官回到故乡桐城，在居所前植下我们现在见到的银杏树，因其书屋叫惜抱轩，银杏也就成了惜抱轩银杏树。姚鼐独种银杏，自然是用以明志抒怀，如此说来，惜抱轩银杏树还见证着桐城派的起落，无论"天下文章，其出桐城乎"，还是"桐城谬种"，银杏无言。

光绪二十八年（1902年），桐城派后期代表人物之一、京师大学堂总教习吴汝纶回故乡桐城创办桐城中学堂。1955年，姚鼐故居惜抱轩划归桐城中学，至此，桐城派在惜抱轩（桐城中学）有了冥冥之中的呼应，见证者唯有当年的银杏树。

1986年，桐城中学专门为惜抱轩银杏树立了一块碑："本校东隅，原为桐城派文学大师姚惜抱先生故居。姚先生自公元1738年来居于此，至1955年划归本校改建教学楼，姚先生及其后裔计居二百一十七年，此银杏树乃姚氏园中故物。建栏保护，以供观赏，如睹前贤之风范，因刻石纪念。1986年秋，桐城中学志。"

2001年，桐城中学再次为惜抱轩银杏树刻碑："惜抱轩银杏树为桐城派大师姚鼐于乾隆三十九年（公元1774）年辞官回乡亲手所植。先生故居惜抱轩于1955年改建成教学楼。1988年桐城县人民政府将该树确定为县级重点文物保护单位。为瞻先贤遗风，启迪后世学子，勒石以志之。2001年秋桐城中学立。"

桐城中学一百二十周年校庆时，曾在此就读的多位院士归来，桐城中学迎来了各地的校友。校友们进了校园，都要来看看这棵自己当年天天从旁经过的银杏树。

三

生活于江南无锡城的作家黑陶喜欢行走。某年冬月，他走在苏皖交界的山中，遇见的都是银杏："浓暮的山沟中，全是冬天的银杏。数百年或上千年的古老银杏。落光了扇形叶子的银杏树冠，疏朗，尖锐，刺破暗蓝色的空气。"黑陶的文章多短句，如冬月的银杏树冠尖锐地刺破纸页，从江南穿透时间和空间，到可克达拉这座西北之城。

南方多古寺，古寺多银杏，银杏多千百年之寿。

某年初夏去苏州，同学陪我去古镇东山，去东山是慕名而往，除了去吃东山枇杷外，还想看东山银杏。去时不是深秋，没见金黄，所见都是浓得化不开的葳蕤，如同之前在大雨中走也走不出的拙政园。可以通过黑陶的文章从纸页间想象深秋时东山银杏的白和黄：白的银杏果，黄的银杏叶。深秋季节，不论是岭上坞间，还是宅前井侧，东山到处可见银杏树。紫金庵的那棵银杏虽经千年风雨，依然庄严雄发，精气神十足。

东山银杏竟有九种之多，大佛手、小佛手、洞庭皇、大圆珠……我是区分不出的。黑陶记下了一句东山民谚："要吃新鲜热白果，香是香来糯是糯。一颗白果鹅蛋大，一个铜板买三颗。"我在读黑陶的文字时，正在伊犁草原上，记下了一句流传在草原的谚语："一人一个模样，一种习俗流传一个地方，一方水土养一方人，一个羊羔一把草。"

立秋随笔

立秋当夜，秋雷滚滚，还伴随有闪电，一夜未见雨落。光打雷不下雨，躺在床上翻几页书。书是一本故乡的掌故笔记类读物，在边疆的秋夜读起来容易忆起往事。近事模糊远事真，即是如此。

想起初中有个叫大雷的同学，印象中是数学老师的侄女或者外甥女，中途插班进来坐在教室的第一排。课间被我们叫喊着"光打雷不下雨"地嬉戏后，红黑红黑的脸蛋突然出现在立秋之夜的回忆中。

年近四十，身边有的朋友已经断不了降压药，当然也有不少如我一样"早生华发"者。生命中的前十九年，在故乡未出过远门。后来的十九年，远走西北，回乡次数屈指可数。每次来去匆匆，没见过小学同学，没遇到过初中同学，也没碰到过高中同学。前十九年遇到的人，除了亲人外，后来竟无交集。新疆有谚语说："与其在异乡喝羊肉汤，不如在故乡吃苞谷馕。"我是反其道而行之，越走越远了。

很少听到秋雷声，尤其是此刻的夜间，一阵接一阵的雷声伴随着犬吠和鸡鸣。虽是楼房小区,但在小城和农村无异:有圈起绿化地养鸡鹅者,走在楼与楼之间,处处可见新开垦的"荒地"种上了萝卜、白菜、韭菜……室外少有人声。翻几页书,属于补课之举。

走上文字之道路,发现很多早年应该看的书都没有看过,被我视为少时营养不良。成年以后,只有见缝插针地补课。刚看完的是巴尔扎克的《于絮尔·弥罗埃》,傅雷先生的译本。书的出版年代比我的出生时间都早,其他几本《人间喜剧》《高老头》《贝姨》《巴尔扎克中短篇小说选》无不如此,都是来新疆后在旧书摊偶然所得。

如果按照知堂老人说的,凡是到过的地方都是故乡,那我的故乡未免多了些。但伊犁这个居住了十五六年的地方,是我孩子的出生地,而我的故乡,在他出生时成了籍贯。

立秋的前些日子,和蒋老师一起到伊犁下辖的几个县市转了转。到特克斯县的那天,蒋老师说要去吃一顿羊排揪片子,我心里默默叫好——我也想去吃一顿。

虽然在新疆近二十年,我还是不太吃羊肉,偶尔吃点烤羊肉串和昭苏草原上的平锅羊肉。羊肉串随时可以吃到,烤得好的鲜能遇到,平锅羊肉更是可遇而不可求。此外,就是从羊排揪片子中吃一点儿了。第一次吃羊排揪片子,就是在特克斯。

七八年前,陪一群外地来的作家采风,赶到特克斯时早已过了午饭饭点。饭后还要赶往深山的琼库什台,时间匆忙中我们选择了羊排揪片子,端上来的是两大盆,被我们十个人吃得精光。羊排揪片子让我们应了"我们可以赶不上趟,但我们不会饿肚子"的古训。

人对第一次吃到的美食总是念念不忘，并自以为最好吃。所以我心里总觉得羊排揪片子还是特克斯的好吃，特克斯的羊排揪片子最正宗。后来的几年里，专门在伊宁市吃过几次羊排揪片子，总吃不出那种味儿，莫非是羊排离草原远了，味道也远去了？大概还是人的心理作用。如此同理的还有那些年生活在昭苏高原常吃的野蘑菇汤饭，蘑菇是不是野生的姑且不说，汤饭的味道确实攒劲。甚至有一年深冬，每周都要专门从团场驱车二十多公里到昭苏县城，就为了吃一碗野蘑菇汤饭。所以，此后无论在哪里吃汤饭，都以在昭苏常吃的那家为最好。

在特克斯的第二天，中午就去吃羊排揪面片了，还是上次去的小巷深处那一家，庭院改造得干净清爽。为了错开人流高峰，我们专程早到了，没想到去时已经有几茬人在吃了，人人吃得满头大汗。

离开特克斯，下一程去的就是昭苏，我们又专门去吃了一碗野蘑菇汤饭。离开昭苏的路上，车停达坂休息，刷手机看到了一个做山粉圆子烧鱼头的短视频，这是我故乡的美食：在烧鱼头汤上放上故乡特有的山粉圆子，看得食欲大增而又无可奈何，满嘴遗憾。满嘴遗憾的还有匆匆来往昭苏，没有吃上心心念念的鱼羊鲜。鱼羊为鲜，于是有人将鱼和羊同炖，就成了鱼羊鲜，真的很鲜，我喜欢吃的是其中的鱼。

下了达坂到市里，已到了午饭的时间。赶了四个小时的车，又被山粉圆子烧鱼头、鱼羊鲜馋得食欲大增。看不着吃不着，只能干瞪眼，在办公室泡了杯茶吃起了馕。

馕是在单位附近的南苑买的。每个夜班前都要买一个馕备着当夜宵，漫漫长夜只顾着翻书补充精神食粮，到下半夜，腹中也得补充粮食，馕成了补给的不二之选，经济实惠之外还耐嚼，嚼着嚼着，也把瞌睡嚼走了。过去的五年，在一个又一个馕中，熬过了一个又一个夜班。

出昭苏时，在宾馆餐厅吃的早餐，有一小碗西红柿鸡蛋面，味道不错，有一点像当年大学食堂那家西红柿鸡蛋刀削面的味道。二十年前的大学食堂，两块五毛钱一份西红柿鸡蛋刀削面。一碗面肯定是吃不饱的，在去食堂的路上再买个馕带着，买的是喜欢吃的芝麻馕，一块钱一个。吃完刀削面，将馕泡在面汤里……时隔二十年，味道还在嘴边。

西红柿鸡蛋面泡馕的岁月里，我在乌鲁木齐待了四年。

立秋那日，最高气温三十七摄氏度。热还是热，但少了盛夏的盛气凌人。下午岳母拔掉了院内的西红柿，翻了地后撒了萝卜种子。院墙上的丝瓜、苦瓜、南瓜藤蔓葳蕤，攀栏杆而生长。

去年种下的苹果树，今年没挂果。连日的少雨，已经有叶落了，真的是一叶知秋。立秋以后，园里的果子就该熟了。

小区后门，正对着公园。园内有当绿化树种着的苹果、李子、核桃，果子长至成熟，自然坠落了。果子落地，不会离树太远，但总有几粒种子被风或者其他的什么带到四方落地生根、开花结果。风还在吹，种子停在哪一块土里，得春天才能知晓。

一路上的雪

昔去花如雪,今来雪似花。这是早上见到的。

和往日一样,早上把自己裹得严实地出了门,沿着广东路朝东边一直走下去。说是一直走下去,也不过是一公里多的距离,往来三公里左右,正适合晨练漫步。此路虽然名为广东路,实则只有来往二车道,人行道之宽,倒很适合闲步,再加上路新通不久,人车都不多,于是成了我每日早晚散步的最佳之选。

人行道一边是刻意植下的绿化带,春夏种下的各种花,到了秋日都换成了菊花。此刻菊花还盛开着,之前的黄色都掩映在雪花的白色之下。另一侧处于放养状态,杂草丛生,苍耳遍地,一直长到远处已经规划待开发的空地。

冬日的萧瑟,我是从眼前的一大片空地上感知的。

《枕草子》里,清少纳言说,冬天是早晨最好。如果更苛刻一些的话,冬天是有雪的早晨最好。这样的"最好",在伊犁是时常有的。

即如眼前,杂草、空地上现在都是雪。人行道上也都是雪,雪正在落着。

走过的脚印，回来的时候就没有了，也不是凭空消失了，它们都还在雪下面。雪一直还在下，我也还在继续散步，走的时间比往时要长一些，速度比往日要慢一些。在雪天，路灯似乎也比往日关得晚，已经九点半了，路上还没有什么行人。回头望过去，脚印浅了不少。路上无人，索性摘了眼镜继续往前走，眼前顿时只剩下了模糊的黑白两色。

前两日下第一场雪时，小孩在家中就很兴奋，急着想要出去看雪、玩雪。只是雪太小，气温还不低，下了即化，只好隔着窗户让他看看雪落，爱人就找了些写雪的古诗念给他听。小孩的记性正是好的时候，许多诗听过几遍后就能跟着背出来，听他用稚嫩的声音背"晚来天欲雪，能饮一杯无""柴门闻犬吠，风雪夜归人""欲将轻骑逐，大雪满弓刀"，是一种暖气之外的温暖。

望着室外，视野所及的地方也并不很远，雪如鹅毛飘，冬天真的来了——第二日即是立冬。

其实，立冬前几日就有了入冬的迹象。那天早上有雨雪，天刚蒙蒙亮，我所在的城中村还没完全醒来。出门晨练就比平时多穿了件冲锋衣，用以挡雨雪风寒。走过的广东路，人车比往常这个时候少了一些。昨天入户路过某路段时，见两个环卫工人就地取材，用木棍和塑料布搭帐篷以避雨挡风。待入户回来，见他们已经搭好了。今晨再见，小帐篷还在原地，终于派上了用场。只是存在的时间并不长，待到下午再路过时，已经被拆除，空余被踩平的杂草。

也是那天，夜里下了一场盖湿地面的小雨。晨起推窗看宿舍楼后面的乒乓球场，路灯下湿亮湿亮的，以为还在下着雨呢。试着出门散步，地面将干未干。还是沿着广东路走，又遇到昨天的环卫工人，差不多同样的时间，坐在同样的人行道边沿位置上抽着莫合烟，身边堆着他的几件衣服和一辆自行车。往前走了百余米，另有一个中年环卫工人，正用细长的木棍敲打树上未落的黄叶，好一次清扫干净。

那两天暖气还没来，早上都是被冻醒的，一路上快走了半个多小时，才感觉到身上终于有了热气。后来的几天，暖气还是没有来，而我有了一次远行的机会，去的是六百公里之外的乌鲁木齐，这大概会是今年冬天唯一的一次远行吧，即便来回只有两天。

在伊犁的十几年里，很少在冬天的白天坐火车往返乌鲁木齐，这次真是意外的行程。行前装了一本马尔克斯的《蓝狗的眼睛》，看着车窗外的路边都是雪，书摆在窗边的台子上，蓝狗的眼睛也看了一路的雪。

车外的气温应该很低，<u>丛丛雾凇</u>点缀雪野，山峰和沟壑都被雪涂抹着。河床上也都是雪，水流量大的河道里，河水从雪地冲出了一条水道，往下流到我看不到的地方。收割后的田地，空旷无边，而在车上也只是一闪而过的瞬间。才播种不久的田地也是一片空旷，幼苗才新出不久，在雪下悄悄地长着。路过的葡萄园，葡萄架立着，葡萄的枝条在修剪后应该都被埋在土里过冬。不远的地方有人在清扫大棚上的积雪，人影越来越小，我盯了很久，直至变成了一个黑点，再至完全看不见。

一路上，当然也会经过墓地。墓堆远看像是雪丘，只有墓碑的黑色在白茫茫的土地上异常醒目。黑色墓碑迎风雪而立，看来往的火车去向更远的远方。

火　炉

驻村时，冬天架火是一个大问题。架火，即是将煤置于炉子里，用以燃烧取暖。这是一种技术活，如果若架得不好，造成煤烟回流，重则丧命。

以前看汪曾祺写张家口生活的小说，说到架炉子和炉火没有多少感受。到村里时，身边带着的是他的小说，再看才有了切肤的体会。转眼之间，断断续续在村里待了三个冬天了，架火是慢慢学会的。前几日整理手机便签，发现去年冬天躺坐在火炉旁记下的一条，算是与火炉有关：

> 秋去冬来，走在路上
> 过往的庭院应该有一炉火
> 燃烧的颜色在雪后
> 就不再单一。也算不上缤纷
> 这样一个远方的村庄，当地人
> 也不过五六十年，繁衍三代
> 而我，三十几岁才来此地

开疆拓土从来不属于我
种几畦菜蔬，从邻居院中
移栽一架葡萄
来年还会有扁豆，待花开葡萄成荫

以上所写，基本是写实。

刚来驻村时，正是冬天。房子冷了一个冬天，猛然之间架火，烘房子要很久，于是炉火烧得旺旺的，真是热得不得了。结果睡觉时，上半夜热得恨不得光着膀子不盖被子地睡，等炉火熄灭的下半夜又冻得蜷缩一团。等到天亮，赶紧喝一碗热气腾腾的奶茶冲散寒气。后来慢慢有经验，每次临睡前装一小袋碎煤置于火炉内，封好炉子。如此，热气存到天明，我们也能睡个踏实觉。

火炉不仅能用来取暖，还能烧水、做饭。冲兑好的奶茶放在火炉铁皮上，喝一碗添一碗，每一碗都是热热的。奶茶好喝，冬天晚上起夜可不那么好受。作家孙犁住天津时，也用火炉取暖，还用火炉烤馒头片吃，这是他写进文章里的。

以前看《远道集》时，没注意短短的一篇《火炉》。这回在村里重看，最先看的就是这一篇。无他因，看书时，我正围着火炉取暖，就着房东昏黄的灯光翻书。灯光映在三十多年前的纸页上，愈发显得黄了，显得旧了。旧得如同孙犁用了三十多年的火炉，从"热情火炽的壮年"相伴着度过"衰年的严冬"。不论壮年还是衰年，不论是在大屋还是小屋，火炉都"放暖如故"，"小屋大暖，大屋小暖"。孙犁爱吃烤的食物，每天下午午睡起来，他就在上面烤两块馒头，然后慢慢咀嚼。火炉真是给了孙犁许多温暖，他在给贾平凹写信前，"先把炉子点着，然后给你写信"。

躺在火炉旁看书，尤其室外如果还是大雪纷飞，大有古人雪夜闭门读书的畅快。也是在火炉边，翻杂志看到黄复彩先生的文章。因黄先生是吾乡前辈作家，便先看了他写到的火桶，是我们小时候在老家时经常用到的，可是远不如新疆的火炉啊。故乡的冬天，待在火桶里不想下来。晚上睡觉很难受，我们小孩子暖被窝用挂吊针的玻璃瓶装开水放进被窝里，被窝慢慢热着，睡到半夜，猛然碰到冰疙瘩一样的玻璃水瓶被惊醒后又睡了过去。小孩子的睡眠，每时都是好的。

巷里旧人

马 超 群

年底的这几天,马超群计划着搬家。他觉得再不搬家,以后在羊头巷子再也抬不起头了。

五十三年前,刚学会走路的马超群跟着爸妈从甘肃镇宁老家奔波了一个多月在羊头巷子扎下了根。

羊头巷子早在马超群一家来这里六十多年前就有了。当时城子还叫固勒扎城,从外地稀稀拉拉来了一群人,他们以卖羊头为生,在遍地芦苇和白杨的地方安家。六十多年里,固勒扎城改为了宁远城;羊头巷子也有过几个名字,诸如"英买里",但最后还是以天天挂在嘴边的羊头巷子保持得最长久,并进入了官方的地名册。于是有了个固定的、大家都可以接受的地名——羊头巷子村。

说是巷子,其实是村;说是村,其实也是巷子,一条主巷分岔了几个小巷,成了羊头巷子村。

从老辈人嘴里得知，羊头巷子当初的十来户都是卖羊头的。当时的固勒扎城人吃的羊头基本出自羊头巷子，羊头巷子里的羊头出自哪里，老辈人说不上来。

羊头巷子现在有四百八十多户，共两千多人。马超群一家是四百八十多户中的一家，在南三巷21号。羊头巷子又分南北巷，共二十七个小巷，南边是奇数，有1、3、5、7、9……27巷，偶数在北边，有2、4、6、8……26巷。

多年以后，马超群还能闻到那天晚上一进到羊头巷子就闻见的味道，让人难以形容。以后的日子，马超群整日闻着巷子里挥之不去的味道，他说这是羊头的味道。当天晚上，马超群和他的父母借宿在甘肃老乡家。这一夜，在羊头味的环绕中，马超群睡得很安稳。

第二天，马超群就和巷子里的孩子们玩到了一起。五十多年后，当时一起的玩伴都成了巷子里的左邻右舍。那时是土坯平房，现在是砖瓦平房，院子里的雪扫得干干净净。

羊头巷子的四百八十多户，现在没有一家卖羊头的。从事的职业五花八门，打馕的，打锅的，做馕坑的，扎扫帚的……这些都是散户，全村就那么一家两家，更多的是在固勒扎城开发区的各个小区做保安。还有就是在离羊头巷子两公里的酵母厂当工人，马超群两口子就是其中的两人。

马超群家对门是北二巷20号黑老陈家。黑老陈是在马超群十岁那年搬来的，当时的黑老陈还是黑小陈，七八岁跟着爸妈来投靠这里的亲戚，就此扎了根。他们的老家同县不同乡，口音都是一样的。几十年来，两家相处得如同一家，在宁远城这个多民族聚居区，依然保留着甘肃的风俗和饮食习惯。

马超群三十多岁的时候，先后埋了父母，这里也就成了他儿子马宏英的故乡了。马超群没念过什么书，也没想着让父母魂归故土，哪里的土地不埋人呢？再说父母在世时对这里的生活很满意，尤其习惯了羊头巷子的气息和周围的邻居。要真葬在老家甘肃，搞不好还不习惯呢。这个时候的马超群已经比他父母来羊头巷子时的年纪还大，马宏英也快十岁了。

可是，住了五十多年的马超群打算离开羊头巷子了。马超群已经开始联系买家，打算把平房和院子脱手，卖宅院的钱在固勒扎城的东城郊买一个二居室的楼房，甚至和老伴偷偷摸摸地看了几个楼盘，心里也有了底。这些都没和黑老陈提过。自从马宏英进了监狱，马超群羞于见任何人，对门的黑老陈几次敲门都吃了闭门羹。

住习惯的马超群动了离开羊头巷子的念头，搬到一个没人认识的楼房里，都是因为马宏英。

老实大半辈子的马超群做梦也想不到平时看着老老实实、不爱吭声的马宏英，迷上网游后会伙同网游搭档一起进行网络诈骗、盗窃，涉案金额有七八十万。当乡派出所的工作人员来家里找人的时候，马超群才反应过来，难怪前些日子，马宏英隔三岔五地就夜不归宿。当时还想着，孩子大了，有自己的生活，就少操心、少干涉吧，没想到就出大事了。

派出所的工作人员来过之后，马超群就像变了个人，和老伴每天早出晚归，避开羊头巷子的邻居，出门去看房子，找宅院的买主。趁着马宏英的事在羊头巷子还没传开前，他打算赶紧搬离这个地方。

陆 画 家

老羊头巷子里的人,说起陆竞,前面都要冠以"画家"二字,画家陆竞怎样,画家陆竞干什么……或者干脆就叫他陆画家。

陆竞从小喜欢画画,高中毕业没考上大学就没再上学了,在村委会谋了文书这个不带编制的差事。能谋到文书这个差事,一是因为生活在羊头巷子的人,他的文凭算是高的,主要还是因为他善于画画。

陆竞喜欢画画,在外行人看来,陆竞三两笔就画成了形。陆竞自己也不会想到有朝一日因为画画还能谋到一个职业,成了半个公家人。

在广告公司还不发达的年代,羊头巷子的大小黑板报、宣传栏、展板,都出自陆画家之手。每次参加乡里、市里的板报比赛,名次奖里总会有羊头巷子的一席之地,名次的好与坏取决于陆竞画板报时的心情。

对待画画,陆竞是虔诚的。不论是画自己喜欢的,还是纯粹出于工作缘故,陆竞都是一丝不苟画板报,但心情常常影响他的发挥,再直接影响着羊头巷子参加板报比赛时的名次。

陆竞有一样坚决不画,那就是给逝去的人画像。理由很简单,陆竞的想法也很简单,给死人画像有专门的画师,每个人都应该有一口饭吃,不能多食,一个人活在世上不能多吃多占。

画家常外出写生,陆竞是个例外。他很少出门,写生都在自己院子里进行。他的画室里关于庭院的写生有几百上千张,春夏秋冬四季的,早晚的,晴天雨天的……

画家陆竞也被人喊作花家陆竞、陆花家,这是因为陆竞的花养得好。

陆竞除了好画画之外,还好养花,九分地的宅院里种满了各种花卉。他每次种花翻地,土都要耕得细碎,不让泥土结块,将提前发酵的牛羊粪撒在地里做肥料。他每次起垄,都要钉桩子,还要拉线。

经常有人趴在陆竞院墙外看院子里的花。陆竞不走出家门写生,就是觉得一座宅院尚且画不过来,去广阔的大自然岂不更是眼花缭乱,无从下笔。

有花木公司慕名来陆竞的院子看花,过后想以每个月五千块钱的工资请他去做技术指导,他隔着画室的门婉拒,门都没让人家进。

陆竞的花养得是真好,闻名羊头巷子,市里开"美丽乡村"的现场会,陆竞家的院子还是乡里确定的一个观摩点。那天一起观摩的还有陆竞在院子里的写生作品,一张张沿院墙挂着,让乡、村领导很长脸。这一年,陆竞得了乡里的先进生产者称号,奖品是一支浙江湖州产的毛笔。年底,陆竞被乡里推荐成了市画家协会的一名会员。

老 杨

羊头巷子唯一一家旧书铺是老杨开的。书铺就开在老杨家的院子里。真是旧书铺，不是旧书店。

老杨在院子一角用木头和钢板搭了个棚子。棚子里，用几个长条凳再搭上几块两三米长的木板，书就铺在木板上。院子里的其他地方，绿意葱茏，他种的辣椒、茄子、西红柿等时令蔬菜长得好。在旧书铺经营之初，老杨花在地里的时间比书铺多多了。

除了种院子里的地之外，老杨每个月还要出去几趟收旧书。往机关单位跑，往图书馆跑，收淘汰下来的书；往收废纸收破烂的地方跑，在一堆破烂废纸里挑挑拣拣。

起初，羊头巷子没有旧书铺。某天，老杨进了一趟城，在小香港广场路边看到一排卖旧书的，他就走近看了看，还挑了几本带回来。

隔了几日，老杨觉得羊头巷子也应该有个旧书铺，就把院子一角腾出来，找人搭了棚子，架了铺子，旧书铺就正式营业了。这天中午，老杨一个人还独酌了小五两，一觉睡到了黄昏。

慢慢地，羊头巷子的居民都知道老杨在家里院子开了个旧书铺。

开始，老杨卖得最多的书是他年轻时买的。七八十年代，老杨还是个书迷，当时宁远城买书很方便，北京、上海有什么畅销的书，没过几天都摆在了宁远城的书店里，哪条街巷都有那么一两家书店。老杨当时是工人，还有点儿闲钱买书看。

随着宁远城的发展，城市开始扩建、改造，拆除了危旧房，进行环境卫生整治，旧书铺没了容身之处，老杨的旧书铺可能是宁远城最后一家旧书铺了。

羊头巷子地处城中村，往来城中也方便。旧书慢慢都汇聚到老杨这里了，老杨还专门收拾出了两间空房，从旧货市场拉回了几个书架。

老杨的旧书铺慢慢被宁远城的一些书虫寻觅到了，隔一段时间就到老杨的书铺里溜达溜达，有时什么都不买，纯粹来逛一逛，用老杨的话说："是为了寻找失落的文明。"

老杨的旧书铺在边城文化人里有了一点儿名气，小城文人也常来转一转，委托老杨代寻想找的书。文化人家里淘汰、要卖的书，不想找收破烂的，就让老杨去收，一来二往，老杨的旧书铺成了小城文人藏书的中转站。有些精于算计的文人，拎着一兜书进到旧书铺，再拎着一兜出来，他们干的是以书易书。老杨也不在意，乐得书的流通。

经来往文人的熏陶，老杨也开始捉笔弄字，写起了豆腐块。老杨最先写的就是世居的羊头巷子的生活，关注的人不算多。又慢慢写起了卖书的经历和见闻，一经晚报副刊发表，倒是引起了一些反响，晚报的热线电话不时能接到几个电话。报社乘热而上，邀请老杨写起了副刊专栏《边城书话》，又派记者去采访老杨的旧书铺。

一时间，老杨成了宁远城文化圈的名人。专栏写完，到年底了，老杨经市里推荐，被批准为当地作家协会的会员，成了羊头巷子有记录以来加入当地作家协会的第一人。

草木有真意

桑　树

桑树常见。我说的常见，是在我的家乡安徽和我生活的新疆都很常见。而在新疆，南疆北疆到处都有。分布得如此之广的植物，反正我是见得不多的。

桑树如何长出了一条著名的丝绸之路，这个话题太大，我说不来。我只会说细枝末节，我生活中的细枝末节。

在老家，我家屋后的院子里有一株桑树。怎么就长了一棵树，谁会注意这样的小事呢。就那么自然地长着，突然就立在眼前，感觉像是昨夜冒出来的，不由得人不注意。桑树长在院子里，院子里养着些鸡鹅之类的家禽。当桑树还小的时候，低矮的桑树上正嫩的桑叶就成了家禽的食物，真是伸嘴即食。那棵桑树就艰难地存活着，一点儿一点儿地长，终于长到鸡鹅叨不到的高度，后来开始挂桑葚了。桑葚在我们的方言中叫桑帽子，我喜欢这个叫法，桑树的帽子嘛。

我吃过那棵树上的桑帽子吗？记不得了。

我在新疆吃桑帽子吃得多。

从家到单位有十里路，我常步行上班。十里路的沿途，有四里的路边种植有桑树。不知是树种还是早年修剪过，这些桑树多长得不高，枝繁叶茂，一棵桑树如一把遮阳伞，桑帽子成熟的季节，走在路上，触手可摘，伸嘴亦可吃到。

在伊宁这座把果树种在大街小巷的边城，有不少街巷两边长着桑树，长着海棠果树、苹果树。也许，这和维吾尔族人喜欢在门前种植桑树的传统有关。

我在和田见到的桑树真多。在和田的加依村，我见到了成片的桑树，桑树成林。加依村的乐器真多，乐器制造师也多，在那里遇到的人都能做出一两件维吾尔族传统乐器。在加依村，做乐器多用桑木。

也是在和田，我才意识到桑树浑身是宝。桑叶自不必说，这在苏杭大地用得更多。桑木除了做乐器，用途亦广。甚至桑皮，在和田还可做成桑皮纸。现在，和田人还依旧沿袭用最古老的手艺做桑皮纸。据说桑叶可做茶泡水喝，有清热解渴之效，我还未喝过。

又记：十年前，桑葚正熟时，我在库尔勒的一个乡村实习。囊中羞涩，周围也不见几个饭馆，常有饥饿感。好在下午下班后便无所事事，几日后寻到村中有一小片桑树林，就常拎着本书，在桑树下打发光阴。待吃桑帽子吃到半饱时，也到了饭点，开始就着干馕吃，终于过去了一日。

枇 杷

家门口那棵枇杷树要开花了。

去年春天回故乡待了三十多天,我见到了正开的枇杷花,也见到落下的枇杷花,此为第一次见枇杷花开花落。我回新疆时,枇杷已挂果。

青翠的枇杷挂在树上。那段时间雨多,雨中的枇杷叶和果愈加洗得青显得翠。读汪曾祺,见有"枇杷晚翠"之句,在此景之下,真是喜欢得不得了。后来,翻字帖,始知这是《千字文》里的。我现在操持文字行当,常觉基础不牢,终将行不远。在枇杷晚翠之中,更显得无知得厉害。

枇杷入画多,曾见汪惠仁先生画过一幅,是在朋友圈里看到的。画无题字,像是信手而就,但意在画内,意也在画外,看了就让人喜欢,便保存在手机里。打动我的还有他随图发在朋友圈的句子:有人说在雨中在自家院子里摘枇杷。

郑板桥曾以枇杷叶入药治咳嗽,他大概也是画过枇杷的。他的老乡金农晚年好画枇杷,七十多岁了,还常手痒画几幅,不知是不是也嘴馋贪吃。他画画好题记,他的题记多是好文章。手机里存的《枇杷图》题的是:"宋,勾龙爽工写山枇杷,用淡墨点染为艺林神品。昔年游京师,过王少空宅,见之相传真定相国旧物,上有梁氏'平生第一秘玩'图记。近闻已归之豪。右矣,予追想风格,画于僧寮。垂枝累累,晚翠如沐,恍坐洞庭,五月凉也。己卯三月廿七日七十三翁金农记。"

门前的枇杷结得真是垂枝累累。我回新疆是4月下旬，数日后，哥哥发了一条朋友圈，图中有一棵枇杷树。黄黄的枇杷满枝，八岁的侄子正在树下吃枇杷。当年枇杷树种下时，大概只有他现在这么高。

我是远行之人，没此口福，眼福偶尔会遇到。那年入秋前，有几日在苏州。苏州多枇杷树，只是季节不对，我来时空有树耳。走在街上，偶遇一片叶子，随手捡着夹在书里做书签。

"你是否愿意和我一起去乡下，种植枇杷、桃子、稻米和苦瓜？"记不清这是谁写的，看时就随手记在了手机便签里。这样的乡村生活，现在很得城里人羡慕。也仅只是羡慕罢了，真要去过这样的生活，多半会狼狈而归。

在雨中，枇杷叶越洗越翠，枇杷越洗越青，枇杷是在雨里长大的。是不是天一晴，就会被阳光涂抹一层黄色？然后由硬而软，枇杷便熟了。

杨　树

杨树插枝可活。因为易活，便随处可见，不堪大用。在村里人眼里，杨树算是比较容易活的树木，以前就任其长着，枝丫都砍下来当柴火烧了，枝干越长越大。近年来，有人开着农运车走村串乡，收购木材，杨树像是被重新发现，都倒在电锯之下，余下根系，第二年春天，又发出许多枝条，任由它们长吧。杨树容易活，命也真硬，怎么样都能活。沙漠里都能活，而且活得那么久，沙漠里的杨是胡杨。

出门在外十几年，跑的地方不算少，常可见到杨树。所以我走在哪里，都想不到杨树，也常将它们忽略。偶尔想起，最先记得的是杨辣子。杨辣子是趴在杨树叶上的毛毛虫，色如杨树叶，很易被人忽视。一旦被碰到，便痒痛。我在新疆未见过这东西，但对这种痒痛记得真切。直至二十年后想起，还觉得痒痛残留在身体深处，不定什么时间冒出来。

杨辣子，这个名字真是贴切，就像是杨树上的辣子，突然冒出来辣你一下。其实不然，这也是我最近才知道的，它应该是叫痒辣子，还有叫洋辣子的，这样叫有什么道理呢？

我还是习惯叫杨辣子，听起来像个姑娘的名字。姑娘姓杨，名辣子，这应该是个泼辣的姑娘。在我们那里，将蛮横、不讲理、惹不得的女子叫辣子，于是有毕辣子、刘辣子、王辣子，当然，也有杨辣子。

茅栗子

以前，我们那里的人家很少有种茅栗子的。茅栗子树多野生，自然生长，也不知是哪里的一阵风刮来种子落地生根，长成了一棵树，然后越来越多，再多就要被砍了。村里，偶尔也会有几株长在人迹罕至的地方——它们是在被人忽略中长大的。

只是，在农村除了急需打家具或稀见的果木树外，又有谁会去注意一棵树的成长呢？待长到很大了，偶尔路过，看见也就看见了，也不会有谁去多管多想。茅栗子熟透了落下，也不会砸到头上,少有人从树下走过。

有一天,一群孩童拿着竹篙子到了树下,一阵猛敲后,茅栗子大雨一样落得精光。挑大的捡完,孩童们又跑到稻床上玩去了。

这是近二十年前的往事。

大雪节气这天,雨下了一夜。我在新疆的家里,卧床读汪曾祺,雨声大的时候正看到《橡栗》,在汪先生家乡被叫作茅栗子。这真是每读汪曾祺都有所得。比如茅栗子树,以前读就未曾留意,汪先生说在他家乡不多见,然而在我的家乡实在不算少。连叫法也一样,都是茅栗子。

玩法除了汪先生说的"插进半截火柴棍,成了一个捻捻转"外,还有就是在皮上挖一个烟嘴粗的小孔,将里面掏空,在侧面插一小截竹棍,当烟斗玩。从大人烟盒里偷一两根烟,轮流抽,一个个呛得眼泪直流。这也是近二十年前的事。

我觉得茅栗子就应该叫茅栗子。和杨辣子一样,茅栗子也像是人名,男孩姓茅,名栗子,听起来就像是江湖人物,比金庸小说里的茅十八好听得多。

我们那里,有一种打人方式叫吃茅栗子,我从小没少吃。

夹 竹 桃

从早到晚,下了整日的雨。早上还是忍不住步行上班,五公里路程,走得已经熟悉得不能再熟悉。然而,即便再熟悉,也还常有细微的变化。有些变化我一眼就注意到了,有些变化却视若无睹，听着音乐专心往前走。

　　雨还不是那么大，我穿着冲锋衣，未撑雨伞，走得不紧不慢。春日的好，在于绿意满眼。走至一家维吾尔族人开的餐厅门前，稍停了片刻。餐厅大门两边各置放了四五盆夹竹桃，细数则是一边四盆，一边六盆。也许，店主只是根据空间大小随意放置，却吸引了我在此逗留。

　　夹竹桃的花还未开，叶子在细雨中绿得新鲜，昨天早上路过时还没见呢。这些夹竹桃的花我见过，去年有大半年时间，它们都放在门口，早上经过时，常见一个男子用水管浇水，顺带着喷洒树叶。其时正是夏天，伊犁是干燥少雨的。

　　维吾尔族人的庭院里多种植草木，即便没有庭院的人家，也尽可能生活在绿树鲜花中。城镇化进程中，不少维吾尔族人搬进楼房，走在小区里一眼望过去，窗台、阳台上必然多花草。

　　路上遇到的十棵夹竹桃，用花盆养着，花盆的直径有五六十厘米。在伊犁，这些夹竹桃不算小了。起初，我以为夹竹桃就是长在花盆里的。当然，把夹竹桃当成盆栽植物，这是我的孤陋寡闻。

　　去年8月，走了一趟江南。从南京往苏州走，奔驰在高速公路，路边时有花色入眼，白的、红的、粉的，一闪而过。同行眼尖者认出了是夹竹桃。我再细看，这些南方的夹竹桃长得足可浓荫蔽天。

　　夹竹桃也是可以长成参天大树的。

蝎 子 草

我还在团场住的时候，见过很多蝎子草，这是我在家乡未见或者未注意过的，以至第一次见时，差点用手去抓叶子，被紧急叫住而没遭殃。

团场在昭苏高原，蝎子草真多。草原上有，河边有，田间地头有，甚至住的新建的还没来得及绿化的小区楼下也都是，真是出门可见。

蝎子草蜇人，牛羊是无视的，照吃不误。河坝边、水渠边、草原上常见到的蝎子草，嫩叶嫩枝多被牲畜吃过，然后又长出新的枝叶，一茬茬地长，蝎子草的蔓延速度惊人。

蝎子草的嫩尖极其美味，至少可以和豌豆尖媲美，甚至比豌豆尖还要好吃，好吃在不容易吃到，好吃在季节性，好吃在纯野生，不像现在一年到头都可吃到的豌豆尖。

择蝎子草要戴皮手套，剪下嫩头，洗净后开水焯过凉拌，是道家常好菜。君子之交，一碟凉菜几杯酒，喝完回家继续回味，回味完睡觉，睡觉做美梦，梦里还有凉拌蝎子草。

不知如汪曾祺拌菠菜那样来拌蝎子草，味道会如何，我还没试过。但美味是可以想象到的，汪老来过伊犁，应该无此口福，不然他肯定要写到文章里。

蝎子草常见，却不常吃，也常有人不识其面目。接待过很多来团场的客人，尤其是从其他省市来的客人，多不识蝎子草，于是便常有本地陪同人员逗他们要亲近自然，应该和草原植物零距离接触一次，还真有伸手的。当然，后来被拉住了。

我被蝎子草蜇过，看在它是道好菜的分儿上，我原谅了它。

有人识蝎子草而不识荨麻草，有人识荨麻草而不识蝎子草。也有人知道，蝎子草就是荨麻草，荨麻草就是蝎子草。

覆盆子

阴雨天，在办公室无事，又懒得看书，便读帖。前几日友人推荐了苏东坡尺牍。这位大家，我辈是远远赶不上了，十八般武艺，样样精得要命。随手写个便条，流传几百年后读到，能让人从座椅上惊起。我们现在写得最多的是一百四十字的微博，写的是朋友圈里的人情往来，大概不会流传几年。

一百四十字，在未有白话文以前，在更早的明清以前，算是"中长篇"了。古人不知忙不忙，反正没心情看长文，哪怕关系再好的朋友来信也是三两句，事情说完就行，东拉西扯那么多干嘛。"奉橘三百枚，霜未降，未可多得。"王羲之的十二个字流传了数十个一百二十年。

三十岁以后，我的文章越写越短，更不喜看长文了。所以读帖，读到苏东坡的《覆盆子帖》，我就站起来诵读了两遍："覆盆子甚烦采寄，感怍之至。令子一相访，值出未见，当令人呼见之也。季常先生一书，并信物一小角，请送达。轼白。"

我原来以为覆盆子就是故乡被叫作蛇梦子的东西，现在也很常见。后来发现不是的，它们长得都挺像。

我曾经以为团场常见的长在草丛里的酸豆就是覆盆子，其实不是。

覆盆子就是覆盆子，不是其他的什么。其实，十几岁以前，覆盆子我是常见的，只是不知那就是覆盆子，后来对着图片看，真熟悉。因为熟悉，也就常忽视，到了季节，想吃时就吃几颗。更多的时候，它自生自灭。

这样的覆盆子值得寄送吗？东坡居士的朋友圈里都是雅人。

竹　笋

家人每年腊月都要寄些咸货、腊货、干货过来，咸鱼、咸肉、香肠是不可少的，还有干菜心和干春笋。

春笋，我会吃不会做，常炖鸡炖排骨时，泡几片干笋放进去。这么吃也无不可，自己高兴就行。干笋还有许多好吃的做法，我都一概不会，只有想美食而兴叹。

多年以前，我还常望着家门前一大片竹林而兴叹。那时正是假装多愁善感的年纪，喜欢看废名的《竹林的故事》。近二十年过去，废名的书还在看，门前的竹园也还在。

竹子长得真快，家门前的一大片，每年都要砍掉不少，第二年又是一大片。竹子真多，都长进了郑板桥的画里。竹子的繁殖力强，竹笋就多。吃春笋的季节，每天都有口福。

初春，春笋长得真是快。一天一个个头，过不了几天，就长成一大截了。要吃竹笋就得抓紧挖，过几天就老得不好吃了。冬笋也好吃，只是我们那里吃得少，谁会破土去挖一棵深埋于土里的笋子呢？它们应该长出来看看世界的样子。

少年时,经常被派到竹园去捡自然脱落的竹笋皮,用来做布鞋,好像是放在鞋帮子里吧。好多年前的事了,都快忘得干干净净。现在想穿一双手工做的布鞋真不容易。

伊犁无竹无笋,清朝时就有流放来此的诗人想吃笋而不得。近读清朝庄肇奎的《伊犁纪事二十首》中就有记录,诗曰:"春水穿沙到麦田,野花初试草连阡。沿渠抽满新蒲笋,带得长镵不用钱。"庄肇奎还在诗后自注:"伊犁不产笋,惟蒲根颇鲜嫩可食,名曰蒲笋。"

以蒲笋替代竹笋而食,也是不得已而为之。我已多年未吃过新鲜的春笋了。前几日,在小区的菜市场见有鲜笋卖就买了几个。回家一剥,都是皮,剩下的笋肉也寡淡得难吃,全无乡野之味,再不想买第二回。

荸 荠

荸荠在我的家乡被叫作土栗子,三十多年来我也是一直这么叫的。土里长出的栗子,还挺形象。那时,我还不知它的学名,它在植物书里的名字和样子离我们还很远。看书时,看到荸荠也曾猜测是什么,但未做深想。鲁迅的《祝福》里有"桌上放着一个荸荠式的圆篮"之句,顺手拿来做比喻的想必也是绍兴常见的,在鲁迅的记忆里想必也很深刻。《祝福》是课文里学过的,十几年前还背过。那时真是稀里糊涂地背,从来没想过,"荸荠式"到底是怎样的。近日重看《祝福》,独对这句难忘。

此时，在老家那边正是吃荸荠的时候。如不是去年此时回去吃了不少，我都快忘记荸荠什么季节上市了。我喜欢生吃荸荠，土腥味还没尽。洗净后，一咬，清脆声从齿间传出，这是春天的声音。我不喜欢吃煮荸荠，但肯定有许多人喜欢吃，归有光大概归于此列。读他的《寒花葬志》，有"一日，天寒，爇火煮荸荠熟，婢削之盈瓯。余入自外，取食之，婢持去，不与。魏孺人笑之"之句。

荸荠入文处很多，入画我见得不多。记不得在哪里看过一幅《卖焐熟荸荠》，这幅画很简单，题画上的句子当时便抄了下来："焐熟荸荠热而甜，一串一串竹片扦，心爱不妨买两串，只费几个钱，我闻荸荠生者可尅铜，一经焐熟便无此功，可知物性贵生辣，做事生辣将毋同。"画的是百年前上海滩的摊贩，可见当时卖焐熟荸荠是很家常的，是三百六十行中的一行。

我还在锅笼里烤过荸荠，把荸荠埋在柴灰下，熟得很快，口感也不是我喜欢的。这是以前，放在现在再吃，肯定会吃不少。

炒荸荠在许多地方（这个地方自然是出产荸荠的）是一道很平常的菜。但我们家好像很少当菜端上桌，多是当零嘴，洗净放在箩筐里，置放在厨房或堂屋，随吃随拿。从田里挖得多了，也成箩地洗净摊在簸箕上，就放在廊檐下阴干，可以吃很久。阴过几天的荸荠表皮开始瘪了，但内中雪白的瓤真是甜得腻人，这时候的荸荠皮，轻轻一撕就能揭掉，一口一个，吃得肚饱。

伊犁有些地方种得出水稻，大米的口感还很好，不知能否种荸荠？

莲　蓬

看周作人《知堂杂诗抄》，有一题《辛稼轩》，诗云："幼安豪气倾侪辈，却又闲情念小童。应是贪馋有同意，溪头呆看剥莲蓬。"诗后还有作者附注："稼轩词云，大儿锄豆溪东，中儿正织鸡笼，最喜小儿亡赖，溪头卧剥莲蓬。"

莲蓬在江南之地是常见的，周作人的故乡绍兴更多。我生在皖中，少时也见过不少。如今久居西北，稀罕得都快不知此物为何了。幸好书房的书架上还放着一个莲蓬，已经干透，颜色也由刚摘下时的绿色变成了深黑。

几年前盛夏时去了一趟江苏，莲蓬就是从江苏的苏州带回来的。当时几个人买了一堆莲蓬，吃的时候我还不忘把它们和手边的《汪曾祺小说精选》放一起拍了张照片发在朋友圈，几个江南的朋友还说莲蓬和汪先生的小说很搭。汪先生生在水乡，莲蓬是常见之物，他的文章中免不了会写到。

带莲蓬回新疆时，担心太远，会在路上发霉。等到家收拾行李，把它拿出来，才知担心是多余的。经过几千公里的行程，莲蓬的颜色只是黯淡了些许，未见丝毫坏的迹象。

那次在江苏，还吃到了多年未吃过的菱角，同行之人多为新疆本地人，不识其为何物。近两年，这边的菜市上卖菱角的越来越多了，价格也还公道，上市时都要买几回，只是吃在嘴里，没有南方的那种味道。

新疆气候干，放了两年的莲蓬干枯成黑褐色，摆在书架上，书房清供，倒也妥帖。莲蓬旁放着的是三枚菱角，也是一起带回的。在西北大地，它们还待一起，亦如同在江南之水中，也不显得孤单。

莲蓬生在江南，江南多画家，所以莲蓬是常入画的。我在金农的画中就见过一些。他在题一幅荷塘的画中有"记得那人同坐，纤手剥莲蓬"之句，真好。齐白石大概也是喜欢这句的，他有《连心情丝图》之作，画中两节莲藕、一个莲蓬，齐白石所题就是金农的这两句。

我在《营业写真百图》上也看到了莲蓬，此书所收多是百年前江南尤其是上海滩街头巷尾常见的营生，一画一文，很是有趣。

在江苏，我们去了多个地方，卖莲蓬处也不少，路边店铺，景点中的摊位，甚至是河边人家门口都摆着。此时，正是吃莲蓬的季节。莲蓬真多。

瞬　间

一

今年夏天有些日子特别热,当时想冬天肯定冷极了。没想到,立冬后,唯一一场下了即化的雪后,倒是接连地下雨。四五天来,白天下得小小的,晚上下得不小,一点儿冬天的样子也没有。

冬天才开始,谁知道往后会不会冷得很呢。倒像是立春前后。

立春前后也没有这么连续的雨吧,在老家时倒是见过。近十多年来在新疆,还是头一回经历。

下雨说明气温肯定不会太低,不然就成了下雪。

白天在单位做完公事,靠在暖气边上翻书,几本散文集翻来覆去地看。有时也看窗外,看雨滴落下,滴落在积雪上,雨滴也是翻来覆去吗?

晚上在家,守着一盏台灯翻书。有时也站在窗前往外看,小区里的灯光昏暗，在初冬雨夜显得幽远，也能看到雨滴，看不到滴落在积水里。

据说这样的雨下得久了，对农作物和牲畜都有影响。但也听说，明春的草场会长得很好。此刻，在冬窝子里的羊群马匹会感觉到一场接一场的雨吗？它们周边大概都是雪。

快要下班时，雨开始下得绵密。走在被雨水冲刷过的街道，有未被冲走的枫叶，在雨水的浸泡中显得湿意绵绵。

湿意绵绵的还有棉衣、羽绒服。走在路上，偶尔也有人穿着羽绒服淋雨的——没带伞。

公交车人满为患，索性步行回家。一路上有匆忙而过的车，溅起的积水让行人躲得远远的。行人中行色匆匆的多是未打伞的，不缓不急的行人还是占多数。路过一个中学，正是散学的时候，许多学生都没打伞，有些是故意为之，只为感受行走在雨中的潇洒，当然是自我感觉的潇洒。他们还年轻，我在这样年纪的时候也经常如此为之，偶尔淋几场雨也不会头疼脑热。还有些家长拿着伞等在校门口，十几年前，这样的天气里我也被如此等过。

留得残荷听雨声。小区里肯定没有残荷，有的多是四季常青的草木，在冬天看起来也没多少生机。但，残荷在朋友圈里。微信真是好东西，此刻听着雨声刷朋友圈，就看到外地朋友在晒枯荷。从照片里都能感到荷的枯意和干味，配上此时伊犁的雨，此情景想必是可以入画的。

二

有一些雨落下时,我正在路上。

一早出门坐车去昭苏,我知道,熟悉的地方到处都是风光。群山,山脚的河流,河边的石头,转场的羊群,打过草的草场,割过的麦地,冬翻后裸露的黑土地还没有被一场又一场雪覆盖。

都是我熟悉的。

还有雨。雨是在路上下起的,不算大,车声盖住了雨声。我坐在最后一排,摇颠得昏昏欲睡。手中拿着上车时读的《从乡村到城市一路疼痛》快掉落时,惊醒了我。自从"望得见山、看得见水、记得住乡愁"以后,这类书仿佛多了起来,我书架上的七八本都是友人送的,临出门时随手从书架抽了一本带上。一路上读得昏昏欲睡,我这不是从乡村到城市,也不是从城市到乡村,而是从边城到边城的路上。

这一路上近二百公里,需四个小时,过去的几年里,每年都要走几十趟,有时一觉睡到昭苏县城,有时却格外清醒,公路边去年秋天砍挖后新栽的树,黄叶还未落尽,雨水打落的一些正在风雨中飘摇。三十年的生活经历告诉我,飘摇的不仅仅有江河里的船,还有风雨中的树叶,还有许多必将在生活里逐渐体会到。

其实,每个人走在还乡的路上都饱含乡愁。只是有人将乡愁带进深山丛林,终日与百年以上树龄的云杉为伴;有人将乡愁随同秋水一起融入河道,或干涸,或流走,流到特克斯河,流到喀什河,流到巩乃斯河,流到霍尔果斯河,最后都流到了伊犁河。

从此，毕生追随着伊犁河水向西而去，做一个名副其实追赶太阳的人。

当然，还有更多的人在路上，徒步，骑马，坐车，终点各不相同；还有更多的人不知道圣埃克絮佩里这个人，但正在用双脚验证着他所说的"大地对我们的教诲胜过所有的书本"。

我在路上。更多的树叶在树上，是否摇摇欲坠，在接下来的雨水里它们将等待检验。经过秋雨，叶子黄得愈发纯粹。若是汪曾祺老先生见此，在他的颜色的世界里，会用什么样的色彩来描述？"明黄、赭黄、土黄、藤黄、梨皮黄（釉色）、杏黄、鹅黄……"在颜色的世界里，任凭想象，"世界充满了颜色"。

当我行至昭苏，气温从出门时的零上十几摄氏度降到了零下一摄氏度。雨已经变成了雪。

我将在这里住一夜。

三

雨夜，听歌，看书。看完汪曾祺的一本小集，就想看沈从文的书。我看书喜欢反其道而行之，先从学生看起，再看老师的，如此追寻中国文章的传统。

哈萨克族民歌《故乡》的歌声在屋子里回荡，淡淡的，浓浓的。后来干脆关了音乐来听雨声。

这还是从昭苏回到家一个月以来首次落雨。

手头有十二卷的《沈从文文集》。从第一卷开始看，不想第一篇竟然是《雨》，是沈从文二十四岁时写的很短的短篇小说。

在文集中，只有两页多几行。

我是听着雨声读完的。"朝来不知疲倦的雨，只是落，只是落。""雨还是不知疲倦，只是落，只是落。"

雨是晚饭后才开始落的，不紧不慢地下。我习惯它的这种不紧不慢，也习惯这种不紧不慢的生活。整日未出门，因为太热，立秋后持续高温，上班之余乐于翻翻书，躲进小屋。

晚饭后想出去走几步，才发现已经在下雨了，那一阵下得还比较急，我是只顾着吃饭去了。

在昭苏高原，这样的雨夜我习惯抄几篇短文，有时落雨时手边是《陶庵梦忆》，也有正在翻《东坡志林》的时候落雨，或者落雨时我从书架上找出《世说新语》抄上几则。习惯之外也有偶尔例外，偶尔就是停电时。

我常开玩笑说自己生活在高原的乡下。是乡下，难免会停电，各种原因的停电。刚住这里的时候，遇到停电还会兴致勃勃地买蜡烛夜读，还由此写过一篇《灯下夜读》的短文，这样的风雅毕竟不能长时间消受，只因视力不佳。

不夜读不夜抄的时候，我就躺在床上听雨声。开着窗户听得更真切。高原无荷，更无残荷。但春天有黑土地，有正在破土的草，往后有麦苗、油菜苗，再往后有麦子扬花，有油菜开花，然后还有收割。往后就继续回到雨落黑土的白天和夜里。到了冬天、初春，落的就不是雨，而是雪了。

如今，在昭苏高原看过的书都码在书架上，雨夜还会偶尔看，看过的书也还会有选择地再翻翻。如此，不觉间就到了而立之年。

而此刻，看着窗外。低头，小区里的路灯在雨中；抬头，夜空中的月亮在雨中。

四

连续停了三天电，每晚都是天一黑就早早睡了。前两天的睡眠难得地好，倒头就睡，像年轻人一样。

少年时，常赖床，尤其冬天的早晨，能不起来饿着肚子都不起来，能睡多久就睡多久。母亲就常常骂道："早死三年有得睡。"那时觉得人死就是睡过去了。

这些年在桐城，尤其在新疆见过不少死亡，他们是真的睡过去了。

这是停电的第三天晚上失眠时的瞎想。

第三天晚上，我就像一个老人，不眠。少年时，常和外公睡一起，他睡得晚、起得早，白天也不瞌睡。我今年正好三十岁，已经是睡得晚、起得早了，只是白天常瞌睡，非要中午看几页书后眯瞪一会儿不可。

这还是瞎想。人一睡不着就会胡思乱想，想想白天翻过的书——白天好像一页都没翻过。从书架上找出充电节能灯，放在床头正好照到一本书的范围。

其实书架上也有蜡烛。刚搬过来住的那几个月，隔三岔五地停电，不得不借助蜡烛夜读。今夜是无此闲心了。

随手抽出的是一本刚收到的《散文》，从中间往两边读。我看书常常不讲章法。我写文章也不讲章法，惜乎心中无章法可讲，只能是像一只无头的苍蝇，撞到哪里算哪里。许多时候撞得头破血流，撞得遍体鳞伤，也不得一篇好文章。许多时候，撞得不痛不痒，也没有好文章。

还是没有章法地看书好。一书在手，怎么读，由我不由它。从中间往前或往后读，章法大乱。读完发现，乱中有层次感，这样的感觉很特别。一瞬间就出现了，然后一瞬间又不见了。也有可能，它根本就没来过，是我在黑夜的臆想。

我说的是读王祥夫《清坐》的感受。往常我读书都要泡茶、喝茶，停电三天都没喝茶，所以看书也是干看，好在王祥夫笔下有朗润之意，可解三日不喝茶之干燥，也可缓解我三日不看书之面目可憎。

所以，王祥夫是好的。他文章的好，还好在短。近来每见长文，能避而远之的是有多远避多远。

文章何妨写的短些，这是我的自勉。所以，本文到此为止。

五

睡至半夜，醒了。

屋外是透彻的黑，黑得彻底。白天一顿透彻的雨清洗正准备春耕的农场。在一场雨后，所有的人和机车重新回到来的地方。有人冬眠就会有人春眠，不觉得拂晓将近。而这样的夜里，拂晓还很远，还可以继续在春天多眠几个小时。只是白天淋了几滴雨，后遗症是离拂晓还很远时无眠。

以前的云都不知去了哪里，以前的月色也不知去了哪里，旧时的春光还没有来到。下床，开灯，想翻几页书，想写文章。不小心碰到了暖气片，还很烫。在高原，四月的雨落过以后就会有雪，天气预报早已做了预报，有许多人期待，也有许多人咒骂。他们互相不认识，他们也互相争执不下，一场雨都已经被大风刮走了。

白天多淋了几滴雨。我是故意的，高原天干，我想多淋几滴雨，一年只有几天能实现。经常没有淋雨的心情，偏偏磅礴地下，地里一点儿水也存不住，都冲到水库里。想抓鱼，却又找不到网。只有退而求其次，去点一份鱼，红烧鱼、酸菜鱼、清蒸鱼、干烧鱼、糖醋鱼、水煮鱼……都是高山冷水鱼。

淋在雨里，身边都是撑伞走过的人。我的步履不算匆匆，勉强从容，湿漉漉的草坪刚刚冒出草尖，已经有马群出来啃食，赶了几遍没赶走，且由它们去吧。我在高原是讨生活，它们在雨中寻找绿意也是为了生活，还是互相不为难为好。

这几日的雨下得缠绵，不绵不休，我是不眠不休。见同事在朋友圈中发了条状态："雨打芭蕉的感觉。"我回复："有湿意。"她以为是"有诗意"之误，我也不解释。湿意很好。

我又撑伞在雨中走了一回，不长的距离。脚边已有水流，沿着路边顺流而淌，感觉有些江南的意味了。只是已经十多年没淋过江南的春雨，快忘记那种感觉了。这里的春雨，和江南肃杀的秋雨相似，冷气会穿过不薄的外套，直击躯体。衣服在暖气烘烤中已经干了。

寒意还在，人已经醒了。为了取暖，我将脚搭在暖气片上，只是温度太高，不能久放。还是穿衣起来翻书，写字台上有未合上的古人游记小品，是淋雨回来抄读的。我困居高原一隅，想行万里路而不得，就跟随老祖宗的脚步在文字中徜徉，或许能坐地日行八万里也说不定。

　　山水可纵横处实在太多。现代人的纷扰毕竟多了，像我这样没有自制力之人，常常深陷其中不得自拔，虽身处数十万亩草原中，也照样久在樊笼而不得出。掏出手机看时间，想起下午友人发给我的五十五幅金农的小品。这个仙坛扫花人，来得恰是时候。如若此时，高原有花，几天雨下来，多半会零落。有些人离得远远的，自然也会有扫花人。这是遐想，也是瞎想。高原无花，高原还枯草参差。赏读完前五幅，睡意总算来了。

第三辑 青山依旧

月到风来

灯下夜读

自偏居昭苏垦区后,偶尔会遇到停电之尴尬,所以蜡烛也成了房内必备之物。这在居住伊宁的三年间是很少见的,却也增添了许多夜读之趣。

今晚下班后回家,习惯性地摁了下开关——又停电了。放下包,衣服也没换就转身出门去团里的餐馆点了一碗汤饭。汤饭就要趁热吃,寒冬吃汤饭真是很舒心。哪像盛夏,虽也吃得酣畅,但汗同样流得淋漓。

晚饭后归来,依旧没有来电。从书架底层翻出上次用剩的大半截蜡烛点上,开始泡茶。水是中午烧好放在暖壶里的,暖壶已经用了近两年,勉强还能把一杯茶泡开。茶是去年春节从老家带来的桐城小花。茶的名气不大,却早已喝出了习惯,也喝出了依赖。闲时想想,这茶也真和桐城老祖宗的文章差不多,经得起嚼。

一年来都是以此茶度日,如今临近年关,茶叶也快见底了。一年来桐城文章未读半篇,如今这年也快见底了。

今夜,烛光难得,读几篇乡贤文章以解年关思乡之苦吧。手边正好有一册薄薄的《历代文化名人笔下的鸟兽虫鱼》,这是20世纪末南方出版社出版的"东方闲情系列"八册之一。本书编者对桐城文章的印象大约不差,这样一本小册子竟然收有桐城人戴名世的《鸟说》和方苞的《辕马说》。其实,书架上有方苞的《望溪文集》,但黑灯瞎火,实在懒得翻找了。有时半篇文章,甚或三言两语都能解馋的,姑且以此"两说"对付一晚。

两篇文章读过,看着烛光也觉得亲切了,于是便进入每晚雷打不动的功课:抄读几则《世说新语》。这项功课已经坚持了四月有余,感觉极好。在烛下夜抄尚属首次。抄读一会儿就要剪去一小截灯芯,灯火跳得太过厉害,对已是高度近视的我实属折磨。抄着读着,却又胡思乱想开了。当年大先生鲁迅,大概也是在这样的烛光下刻抄古碑、校《嵇康集》的。孤寂之夜,有寥寥如豆的烛光,有书,于大先生便是安慰吧。

还有二先生周作人,《夜读抄》里几许寂寂,都在青灯中泄露。更妙的是收入《苦口甘口》中的《灯下读书论》和那两首谈读书的打油诗:

饮酒损神茶损气,读书应是最相宜。
圣贤已死言空在,手把遗编未忍披。

未必花钱逾黑饭,依然有味是青灯。

偶逢一册长恩阁,把卷沉吟过二更。

知堂老人后来接着说:"总之这青灯的趣味在我们曾在菜油灯下看过书的人是颇能了解的。"他列出的佐证有古人诗云的"青灯有味是儿时",还有东坡翁的"纸窗竹屋,灯火青荧,时于此间,得少佳趣"。

《世说新语》抄读后,已经十一点多了,电还是没来。昨晚这时已经在读梁实秋的《槐园梦忆》,这书中午已经看完。本打算继续看张恨水的《山窗小品及其他》,想想还是从书架最外一格抽出了《碧山》第一辑。这一辑的《碧山》以"东亚的书院"为主题,收到后一直准备读而未读。这一辑的《碧山》和之前的《汉品》都做得极为精致,属于有思想的大雅之书,在青灯下夜读,大概算是一种情致。

最忆是雅舍

许久都未逛书店了,这几天放假待在市里,一些旧书店是必去的。这次收获不错,淘得半新不旧的两册书:梁实秋的《槐园梦忆》和陈从周的《园林清议》。

先读的是梁实秋。早几年,对这个人实在谈不上有什么好感,那是读鲁迅的年纪。从鲁迅先生的笔下来感知梁实秋,这种印象可想而知。就这样荒废了几年,年岁渐长,已经不是当年那种偏信则暗的时候了,偶遇一两篇梁先生的文章都是相当不俗,却也没想起来买几册他的书,集中学习一二。

这次买《槐园梦忆》也纯属偶遇,遇到了便买下。走在路上就读开了,第一篇便是闻名的《雅舍》。这篇短文以前读过,也觉得很好,却没有如此这般沉入进去,在喧嚣的马路上,一边注意着车来车往,一边还能读出滋味。这大概就是梁实秋的魅力。

朋友胡竹峰在新近出版的散文集《衣饭书》中写道:"我的散文写作,最初是在梁实秋身上得到启发的。说到闲适雅致、通透平实、兼得文章之美,'五四'作家群中,梁实秋要坐把交椅。《雅舍小品》有闲气,闲是闲情,气是气韵,气韵闲情四个字基本就是梁实秋的文风。"

诚哉斯言。竹峰兄的眼光一向很毒,这表现在阅读中更是让人佩服。一册《槐园梦忆》,文章不足百篇,却让人琢磨了好几天,甚至值得花费更多的时间来仔细研究这些文字的排列,它们经由梁实秋之手,犹如出自天成。

书中有一幅雅舍内书房的照片,简简单单、朴朴素素,好在这些都不是问题。正如梁先生在《书房》中说的:"书房的大小好坏,和一个读书写作的成绩之多少高低,往往不成正比例。"

就是这样一栋"非我所有"的雅舍,仅是房客之一的梁实秋先生,在这里"长日无俚,写作自遣,随想随写,不拘篇章",于是一篇篇著名的雅舍小品在朴素得不能再朴素的书房内走向了世界各地。时空交错,也走向了历史深处。

如今,半个多世纪过去,当人们谈起梁实秋的书房,最先想起的往往就是那座简朴的雅舍。

第三辑　青山依旧

月到风来

　　我最初好像是从董桥文章中开始留意陈从周先生文字的。没想到作为园林学家的陈从周有这么优雅的文章，而早年从课本中学到的《苏州园林》早已忘光了。我对董桥的文章是偏爱的，对他在文字上的识见自是认同。

　　那天闲逛旧书店，本不抱什么希望的，却从一堆废纸破烂中翻出了一本梁实秋的《槐园梦忆》，又翻出了一本陈从周的《园林清议》。喜悦之情早已被狡猾的旧书商看在眼里了，于是付款时便是《槐园梦忆》五元、《园林清议》十元。也罢，久未在旧书店有所斩获了，何况两书还七八成新。

　　书拿回来还没捂热，《园林清议》就被相熟的师长借走了几天。恰好还回来时，《槐园梦忆》业已读完。直至此时，我才有机会好好打量这位园林学家笔下的山水情致。

　　翻书时才发现，书中夹有八九枚早已干枯的三叶草。自不是我的那位师长留下的，想来此书原来拥有者是雅人，起码是不俗的人。这几枚三叶草融入此书真是妥帖无比，这情致就像清朝人张潮在《幽梦影》里的"松下听琴，月下听箫，涧边听瀑布，山中听松风，觉耳中别有不同"。

　　《园林清议》中看见三叶草，更觉书中别有不同。便又想起董桥来了，索性合上陈先生的书，移步到书架，把董桥的书都找出来了，一篇篇找当时看到的文章。原来是收在《谈园林》中。董桥在文中一开篇便写道："陈从周满腹山水，说园说了几十年，始终不离一个'情'字。他说，'泪眼问花花不语'，痴也；'解释春风无限恨'，怨也；故游必有情，然后有兴，钟情山水，知己泉石，其审美与感受之深浅，实与文化修养有关；不能品园则不能游园，不能游园则不能造园！"

陈从周说："园之佳者如诗之绝句，词之小令，皆以少胜多，不尽之意，寥寥几句，弦外之音犹绕梁间。"一本《园林清议》，我早已被最前面的五篇《说园》迷住了，反反复复地看了好几天，一句一篇都耐人寻味。后面的诸多美文佳作都顾不过来欣赏阅读。

这样的阅读，"往往于无可奈何之处，而以无可奈何之笔化险为夷"，当年一篇篇拜读《陶庵梦忆》里的文章，好像也是如此。行文断句，如月到风来，常有神来之笔。其文、其章，尽显中国园林之大趣味。

木头竹屑之文

有一段时间，正是昭苏高原的冬季，每天中午除了午饭和午间小憩，起码还有一小时可供阅读。

我一直读张恨水的《山窗小品及其他》，书是1993年北岳文艺出版社出版的《张恨水全集》中的一本，而五十六篇小品及它的序跋就已经足够我读一个冬天了。

这书读得实在是慢。有时候前一天中午读了三两篇放在那里，结果第二天中午捡起来又重新再读一遍，如此周而往复，一天天就过去了。甚至有时候读到第三十几篇时又心血来潮，从序开始重新来过。随读随停，随停随读。好在这些小品篇幅都不长，又基本以文言而成，写得实在精彩，拿起书来，随便从哪里都可以继续往下读。

以前我是从没读过张恨水的。但张先生之名从小就时有耳闻，皆因先生故乡潜山离我的居住地桐城只有几十里地，而且先生的通俗小说流传之广，基本是妇孺皆知。尤其经由他的小说改编成的电视剧更是常占据荧屏，久而久之形成了"张恨水只会写通俗小说"的印象，这就像世人大多误会金庸只有武侠小说面世，殊不知他的随笔、政论等都是相当好的。

张恨水先生亦是如此。因为从小的误解，阅读多年也没想起找这位乡贤的作品来读。其他的诸多乡贤的文章基本都是遇到就读。好在去年8月的一次图书网购中偶遇了这册让我重新认识张恨水的《山窗小品及其他》。

这五十六篇小品均是从寻常事物着笔，有话则长，长不过千字；无话则短，三五百字而已。想想写这样文章的人真是不得了，那一代人都是了不得的。从书中《待漏斋》《跳棋》《疗贫之铭》《劫余诗稿》等几篇可知作者当时的境遇，但好文浑然天成，妙手著得好文章。

张先生在《山窗小品及其他》开头有一篇短序，自谦这些文章为"木头竹屑小文"，然这木之头、竹之屑历经近七十年，木竹之韵味愈发浓郁了。小品中的《虫声》《晚晴》《金银花》《小紫菊》《冬晴》《月下谈秋》等几篇，写得真是精彩。谁能想到这些是作者20世纪40年代前期寄居重庆时"就眼前小事物，随感随书"之作呢。

谷林笔下有乾坤

吾生也晚,又偏居在边疆一隅,错过了谷林先生《书边杂写》的出版年代,如今再想读到已经殊为不易了。孔夫子旧书网也还有,但那价格实在令人望而却步。或许,这正印证着止庵的那句话:"辽教那套'书趣'文丛所收皆为新著,价值或许有待实践考验,然而其中一册《书边杂写》,敢断言是经典之作,可以泽及后世。"

这才过去几年,都早已泽及我等小辈了。但很多人读到,大概也只有等到《谷林集》或者《谷林文集》出版时,才能从中一尝阅读之愿了。所以当我在北京的豆瓣书店一角碰到《上水船乙集》,便毫不犹豫地拿下了。买书时间不长,越来越感觉到,有些书宁愿买了之后后悔,也别后悔当初没买。

这是我第一次集中读谷林的文章。现在像这样的短文章真是越来越少了,文章越写越长,许多时候长得让人不知所云。所以遇到文字与识见都是一流的谷林文字时,为之一颤。

谷林在谈到《杨绛散文选集》的序言及入选的篇章时说:"宛如衣裤鞋帽,无不般配,细秾修短,分寸合度。"我读到这样的句子,忍不住就在本子上抄了一遍。大概也只有懂书如谷林,才能想到写出这样的文字。他在《闲翻书》中,用"辞致冷隽,令人解颐"来形容读孙犁《书林秋草》的感觉,"孙犁文字简妙,往往意在言外……忽如夸父追逐日影至于愚谷……"我读孙犁经年,一直不知道该如何表述,被谷林一语道破了。

除了这些文章，书里还有许多谈论语文差错的文章，读来常常让人感动。在无错不成书的借口下，已经很少有人如此"斤斤计较"这些完全可以避免的差错了。但谷林先生心中，每读书至此，如鲠在喉，不吐不快，于是有了书中的不少文章，以《闲览琐掇》《思适杂记》《闲览杂记》《思适小扎》《有错必纠》《有错当纠》等篇尤佳。如他在《"在家和尚"做书名》中针对《在家和尚周作人》的出版说明中的不妥，接连就四个方面问题问了四个"安乎不安"，让阅读者为之一动，不知是否让出版者羞愧难当呢？出版是白纸黑字的事情，真是来不得半点儿马虎啊。

有书迟读怕无成，谷林笔下有乾坤。

有书迟读怕无成

我由诗歌写作转向读书随笔创作，似乎是一夜之间的事情，也好像是一个长久的过程。

在距离最初诗歌写作过去了六七年的2010年底，我毅然地放弃了诗歌写作，进入到杂乱无章的阅读中。也就是在这时，和书架上一本薄薄的小册子——孙犁的《秀露集》相遇了。

这是一本百花文艺出版社出版于20世纪80年代初的小册子，2009年我以两元五角的价格从书摊淘回来的。买回来时曾匆匆翻过一遍，一点印象都没留下。没想到一年后重读，感触却不大相同。

大概也就是那时候开始，我逐渐觉得看书是需要年纪和境遇的。有些书，不到一定的年龄段、不经过一些事还真是读不出好来，比如我读《秀露集》就是如此。

那时候，我极少读孙犁的文章，也没有认识到他文章的好。还好后面有一次重逢，让我没有错过一个优秀作家和他的文章。那回，《秀露集》里的《耕堂读书记》等读书随笔读得尤其细致，这也是我开始刻意搜罗、阅读读书随笔之始。

读完《秀露集》之后，我又从网上找到了《孙犁书话》的电子版阅读，继而发现了一个广阔的世界——关于书话的世界。这样的世界真是天高任鸟飞，我在其中徜徉了两年之久，直到今年年初才慢慢走出来。从《孙犁书话》开始，我才知道还有书话一体，于是找《晦庵书话》《鲁迅书话》《知堂书话》《知堂序跋》等一一细读，真是如痴如醉。然后就是姜德明先生主编的那一套书话丛书，现在难以想象的是，这些书读的都是电子版，一本一本地读，其中许多还不止读了一遍。

常风的《逝水集》也是在随后读到的。阅读的范围也逐渐扩大到书话以外的各种读书随笔。读得多了，自然手痒想模仿，学着写。我是从学写书评开始的，没想到一写就写了两年，十几万字。在过去的两年时间里，我一首诗也没写，完全沉浸在读书随笔的阅读和写作的愉悦中，还有买书的愉悦中，这是卖文买书的两年。其中就有我用稿费换得的《孙犁全集》《鲁迅全集》《金性尧文集》《废名集》等大部头书籍。

如今，在我的书架上，书话类的书所占比例是最高的，大多是最近两年的积累。

由孙犁，我又发现了汪曾祺。终于在年初，我又一次调整了写作方向，在读书随笔写作之余，开始了散文创作。今年春天在鲁迅文学院待了两个月，也算是调整写作心态的一个过程。

在这样的过程中，孙、汪两位先生的书是我翻得最多的。读的时间越长，越感觉要是早几年接触到他们就好了，有书迟读怕无成。晚了，真是晚了。

点到为止

如今，大概很少有人知道范烟桥。孤陋寡闻如我，在这本《鸥夷室文钞》之前，几乎忽略了这位民国时通俗文学代表性作家。虽然郑逸梅等人的著作中偶尔会提到范烟桥，但也常常读过就过了，鲜有想找一两本他的著作来看看。实际上，若想找还不一定能找到。身处边城，我就更不敢妄想了。

大概有这方面原因，赵国忠先生在浏览旧报刊时对范烟桥及其文章就时有留意，于是着手编选选集，就有了《鸥夷室文钞》，为我们重新发现、认识范烟桥提供了诸多便捷。

《鸥夷室文钞》是范烟桥发表于《苏州明报》等报刊上的小品文选的结集，读来轻松却让人不失思考，这在20世纪三四十年代小品文写作中算是比较难得的。中午睡前读陈四益的一篇《"皇军"和"蝗军"》时就想起了范烟桥。"今天的人，谈论'雅舍现象'，说是这样的作品才具有永恒的魅力，因而主张文学要超脱自己生活的时代。"这是陈四益先生的话，与"雅舍现象"对应的是"鲁迅现象"，而恰巧笔者也是觉得雅舍小品是具有永恒魅力的，但并不能说明鲁迅作品就没有永恒魅力。

还好，范烟桥的小品兼而有之，在文学魅力之外，没有脱离自己生活的时代空空而谈，这就使得《鸥夷室文钞》里的文章具有了文学性、知识性、趣味性、时代性。当然，也并不是说范烟桥就比鲁迅、梁实秋更优秀。

我在看《鸥夷室文钞》时就常常想起张恨水和他的《山窗小品及其他》。不同的是，我读《山窗小品及其他》读得极慢，而看范烟桥的这本书却是极快，两三天时间就看了两遍。这和他们的行文风格有关，也和文章内容有关。范烟桥笔下，明显偏重谈掌故考据、文人逸事以及报刊出版史料，应该会成为研究那一时期文学史、出版史的佐证。这也是范烟桥许多文章价值之所在，比如《一人独办的报纸》《星社感旧录》《章太炎在苏州》等文章均是如此。

范烟桥一生大多生活在江苏，不算背井离乡之人，但一篇《望乡台》却写得感情饱满、丰富，还不失从容："就是故乡的报纸，天天在把故乡的面目显现出来，他们仿佛是电影，有时把故乡的某部分写着，有时把故乡的动向说明着，只要大家留一点心，不难在字里行间看出他的庐山真面目来。"没有很深体会之人，大概是很难体会、写出来的。

叶兆言为范烟桥专门写过一篇文章，说他"行文通常是点到为止，对新文学阵营敬而远之"。

我认同叶兆言的观点。

打开一扇门

书边杂记

1988年，谷林在《上水船集》题记中说："我文思迟钝，每感到手不应心。时欲曲尽胸臆，求安一字，竟也有过'旬月踟蹰'的苦辛，此所谓'上水船'也。"在出版时，出版社怕影响销路，遂将书名改成了我们现在看到的《情趣·知识·襟怀》。七八年后，在致徐明祥的信中，谷林还对"上水船"有解释："上水船乃吾乡俗语，意谓虽费尽力量，终究寸迟尺滞，不能速达也。"后来在致止庵的信中还耿耿于怀这个书名改得"实在不得体"。可见谷林对"上水船"这个书名的在意。谷林去世后，止庵在编其未收入《情趣·知识·襟怀》《书边杂记》《淡墨痕》的文章时，便用《上水船集》做书名，"以偿故者遗愿"。书分甲、乙两册，我所偶遇者为乙集，故名《上水船乙集》。

孙郁在《新旧京派》中提到过谷林，并就他和周作人之间的传承，有"是'苦雨斋'的亲近者或研究者"之句，近来重翻谷林的《上水船乙集》，内中多有专写周作人之篇，在其他文章中提及周作人的就更多了。

六年前，我在外地逛旧书店偶然购到《上水船乙集》。当时还不识谷林，但见书做得精致，价格也还便宜，顺手而买，就近读完之后真是佩服之至，有当时写就的短文为证。近来准备重翻一些读过的书，恰好在看扬之水的《问道录》中有写谷林的一篇。于是重看便从《上水船乙集》开始了，先看的是《周作人"杂诗"佚篇》，只因上月才看完岳麓书社1987年出版的《知堂杂诗抄》。

孙伏园曾借周作人的《老虎桥杂诗》手稿，让谷林录存，时20世纪60年代初。其中有一首《胡逸民以〈幽兰诗〉见赠并索和，倒用原韵，写得百字，用以奉答。卅七年十二月六日，在南京》，周作人后来编诗集却将此诗"别存而不入集"，2003年，谷林以专文做了补遗。这首诗谷林在《一封信和一首诗》中全文录引，同时还有一封周作人写给孙伏园的书简。

20世纪50年代初，谷林在旧书摊的乱书堆里翻到一册周作人的《苦口甘口》，买下寄给了周作人。只因谷林曾听周作人提过"自己的著译还有一种失藏"，指的就是《苦口甘口》。后来周作人还复信向谷林道谢，关键在于信末署名之下盖了印章，印文为"知堂和南"。早在1933年周作人在写给沈启无的信中就出现过"知堂和南"，《周作人年谱》的附录《周作人别名笔名录》将此作为周作人的笔名，谷林在《别名偶记》中则认为此犹谓"知堂合十耳"，并不是什么笔名。

谷林还从友人收藏剪报中抄存过周作人的《先母事略》，四五十年后他从《周作人集外文》下册看到了一篇《先母行述》。将二文校读，谷林发现他的抄本比《周作人集外文》所收之文"多出四十八字"，谷林猜测抄本"应属当年原本"，《周作人集外文》中所收的"殆系事过境迁所做的修正"。谷林还曾在旧书店淘得一本《夜读抄》，扉页还有周作人的手迹，是作者签赠给沈启无的。其他的周作人签名本，谷林也淘过一些，谷林还专门就此写过文章。后来，他将所藏转赠给扬之水等人。扬之水即为谷林在给张中行的《负暄三话》作序时提到的赵丽雅。扬之水收到谷林的转赠后也专门写有文章记录经过和因缘。

书中之文，我虽已读过两遍，但开卷如新，每次都有常读常新之感。孙郁说谷林"清俊而委婉，内觉精微，升腾着奇气"，诚哉斯言。我在看《孩子的生日》《初生的十年》等几篇与书关系不大的文章，感觉谷林写得真是克制，然感情在其中，时隔多年后读来依旧让人沉浸心中。

谷林所作多与书相关，晚年他还记得初小上学时读过的书，谷林的生活中不能没有书："可是纵令记性退化到隔日尽忘，只要我略剩目力，那么，今天我依旧不能手中没有一卷书。"谷林之爱书，和孙犁有得一比。孙犁长谷林六岁，他们算是同时代人，而谷林也是爱读孙犁的。

"孙犁文字简妙，往往意在言外。"谷林说的是孙犁的《书衣文录》。不久前，我还专门网购了此书。谷林存有孙犁著作十四册，"除《文论集》一种外，多是小册薄本"。

以前对谷林先生的情况知道得很少，孙郁、扬之水等文中也交代得不多，此回重看，翻书前专门在网上查了谷林先生的生平经历，也仅数语而已。《上水船乙集》里有一篇《自讼》，简略叙其经历。此外，《我的书店生涯这样开始》也是一篇叙其经历的文字，这在谷林的作品中并不多见。另外还有一篇《笔名的由来》，从中得知他的本名劳祖德，谷林是他女儿的名字，后来在《读书》上需要署名时，"我就随意借用一下我女儿的名字"——原来如此。他曾多年当《读书》杂志的义务校对，也偶作小文补白。书中所收之文，谈文字差错、咬文嚼字的文章不少，很符合他的校对身份，《一唱三叹》《思适杂记》《思适小札》等文谈的即是此，或如谷林引古人之言"发觉书中差错，徐徐思之，亦是一适"。所以谷林在作文时格外注意避免差错，但总也不可避免，于是以《有错必纠》《有错当纠》等来更正、澄清。当他发现报刊上刊登相片将罗隆基搞错了，如鲠在喉，不吐不快，于是作《承讹袭谬失真面》，并感叹"'百年光阴一梦蝶'——哪里要一百年啊，搁笔不禁慨然"，罗隆基1965年去世，谷林写此文是在2002年。谷林认为，读书、下笔，不经心不查考是懒怠，对一错再错视若无睹，不肯说不敢说是顾忌，并"以资戒慎"。

把书安顿下来

我首先是被书名吸引住的——《书太多了》。真是说到许多人心坎里了，作者是语言学家吕叔湘。

老一辈学者，文字功力让人佩服。语言学家王力先生就是如此，他的《龙虫并雕斋琐语》就是很好的随笔小品。同样的，还有园林学家陈从周，他的《说园》等著作也是我的案头常置之书。

看过了吕叔湘的《书太多了》，觉得吕先生也应在"让人佩服"之列。吕先生的随笔小品深得小品真味，值得再三读之。也是看了这本书才知道，吕先生年轻时还翻译过三本关于人类学方面的书，这也从另一方面印证了老一辈学者的博学。这三本书后来基本都有重印，《书太多了》第一辑"文明与野蛮"就收有重印序言、后记等。这一辑里还收了几篇谈书的文章，尤其一篇《买书·卖书·搬书》，写买旧书的人，写卖旧书的人，写搬家搬书的人，都常能引起共鸣。关于买卖旧书，吕先生有言："在这种事情上（指买旧书），关键在于他的博学在书店老板之上，因为有些书的价值是在表面之下的。""从买书的人角度看，理想的世界是卖新书的人对他卖的书无所不知，卖旧书的人对他卖的书一无所知。"能写出此句，看来吕先生也是没少在卖新书、旧书的书贩手中"吃瘪"。实际上，我们逛书店时遇到的书贩，多是卖新书的对他卖的书一无所知，卖旧书的对所卖之书无所不知。

语言学是吕先生的专业，《书太多了》自然少不了这方面的文章，第二辑"学文与咬文"所收基本都是与此有关。这辑有些文章谈的是常识。所谓常识，即是基础知识、普通知识，"一般人所应具备且能了解的知识"，然而虽是常识，却并不是人人都能认识清楚的，正如吕先生在《语文常谈》的序言里写道："说起来也奇怪，越是人人熟悉的事情，越是容易认识不清，吃饭睡觉是这样,语言文字也是这样。"吕先生的多半文章,就是对"常识"予以深究,让人知其然,更知其所以然。这些文章谈的虽然是吕先生从事的学问,却通俗易懂。

故人与往事也是吕先生写作涉及较多的主题,"往事与故人"一辑就收了一些忆旧与怀人的文章,《读书忆旧》《北京图书馆忆旧》等回忆录,是研究吕先生如何走上学术之路的第一手资料;《回忆和佩弦先生的交往》《回忆浦江清先生》《悼念王力教授》《怀念圣陶先生》等怀人文章,深情在文字之内,却又溢出了文字之外。

教过书、写过书的吕先生,还编辑过书刊,所以他写起《编辑的修养》这样的文章来常常有的放矢。作为一名文学期刊编辑,我在看这篇不长的文章时,对照自省,发现所缺处甚多。吕先生从一名老编辑、语言学家的角度谈如何做好编辑,真是值得留意、警醒。

看完了《书太多了》,再环顾我家书房,书太多了,往哪里放?如何把书安顿下来?这是个问题。正如吕先生之言:"我们的最高要求仅仅是有足够的空间把所有并不太多的书安顿下来,并且能够按常用不常用的顺序分别安排在容易拿、比较容易拿、难拿、十分难拿的地方。如此而已。"

文学史的细节

1982年,上海巨鹿路675号的《收获》编辑部来了个年轻人。当时这个叫程永新的年轻人大概也不会想到,在这个地方,他将长久地待下去，不是十年，也不是二十年，到目前已经四十多年。程永新很快就适应了这份编辑工作，并干得得心应手，很快就以异于常人的文学鉴赏力赢得了声名。"《收获》有个程永新"，在文学圈几乎家喻户晓。

在1986年、1987年、1988年连续三年的第五期、第六期的《收获》中，由他组织、集中编发青年作家的作品，这些青年作家包括马原、史铁生、苏童、余华、格非、北村、扎西达娃……其中许多原先寂寂无名的写作者，由此名声大噪。

2007年，在当了二十多年的编辑后，程永新将在工作中和诸多作家的来往书信编选成辑，外加他写的作家印象记以及作家评论程永新的文字，合为一册，于是便有了《一个人的文学史》。书是2007年出版的，等我在伊犁看到时，已经是2008年了。

那时，我在伊犁已经生活了十年。也是在伊犁，看到了朱伟的《重读八十年代》。在看完朱伟的书后，我从书架上将《一个人的文学史》翻出来，重看了一遍。或许是巧合，这一年，程永新的《一个人的文学史》出了修订版。

在20世纪80年代的文学界，尤其是文学编辑中，有着"北有朱伟，南有永新"之说：朱伟当时在《人民文学》，永新就是《收获》的程永新。

与程永新通信的作家包括铁凝、扎西达娃、苏童、王朔、马原、洪峰、韩东、钟道新、孙甘露、余华、皮皮、潘军、毕飞宇、贾平凹、史铁生、叶兆言、余光中、白先勇、金庸……这只是名单中的一部分，其中许多作家已经走进了当代文学史。

作家们和程永新的来往书信，所谈多半和稿件有关，投稿、约稿、推荐稿件、稿件修改……贯穿杂志出版的整个流程。在南京的黄小初是程永新的大学同学，黄小初在信中、电话中推荐江苏的苏童、韩东。1986年6月13日，黄小初给程永新写了一封信，这封信大部分篇幅都是在推荐苏童："我在《钟山》有个朋友，叫苏童……南京一帮人都对其寄予厚望，认为是振兴江苏的一大希望……对这个家伙你多加注意不会吃亏，将来他很可能是莫言一类的人物。"

黄小初真是爱才之人，他本人是编辑，也是作家，在信中专门请程永新多关照苏童，他自己的稿子"倒可以不多费心"。当时二十三岁的苏童已经在《十月》《北京文学》等杂志发表过不少作品，而且还获过《青春》杂志的奖。黄小初推荐的效果是明显的，《收获》很快发表了显露苏童才情的《青石与河流》。《青石与河流》。1986年12月13日（距黄小初给程永新写信推荐苏童正好半年时间过去了），苏童在一封给程永新的信中说："《青石与河流》发出后，好多人似乎是一下子认识了我，使我面部表情一阵抽搐。"

之后，程永新在为青年作家作品专辑组稿时，给苏童寄了一封约稿信。苏童在收到约稿信后不到一个月，写出了他人生中的第一部中篇小说《一九三四年的逃亡》。这部作品已经是苏童不得不提及的作品了。再往后，苏童将《罂粟之家》《妻妾成群》等重要作品，都很信任地交给了《收获》。后来，苏童在一篇谈《收获》的文章中透露，他在收到程永新的约稿信时，正处退稿频频的困顿之境。

第三辑 青山依旧

马原是程永新认识的中国作家中读书甚多且对小说颇具真知灼见的一位。当年，在西藏的马原和在上海的程永新通信频繁，在信中，马原称程永新为"小程"，在他心中，"小程"是少数真正懂小说的人之一。在他们刚认识一个多月后，马原的信就写得很长，"除了给我老婆，我一辈子没写过这么长的信"，信中谈文学，谈读书，谈生活……如老友久别重逢。

余华说他有近七成的稿子是在《收获》发表的，程永新陪他吃遍了《收获》编辑部附近的馆子。多年后，余华在一次演讲时还提到："上个月在澳门，程永新和我一起回忆80年代，他说我们这一批作家的稿子寄到《收获》以后，他、李小林、肖元敏当时都觉得我们这批作家每个人都有一股气势，感觉真是一个文学的黄金时代来临了，所以他们连着两年都做了'先锋文学专号'。"在《一个人的文学史》中，收入了1988年4月至1993年10月余华写给程永新的部分信件，这些信件对研究余华的创作提供了诸多参考。作为文学编辑的程永新，同样是作家，出版有长篇小说《穿旗袍的姨妈》、中短篇小说集《到处都在下雪》等。余华在给程永新的小说集写序时，说他看程永新的作品时，有着"难以言传的亲切之感，我读到了20世纪80年代的思维和情感，20世纪80年代的城市和节奏，甚至是20世纪80年代的气候和尘土，总之一切都是20世纪80年代式的"。

或许正如作家李洱说的，没有程永新，1985年以后的中国文学就会是另外一副模样。《一个人的文学史》是20世纪80年代以来中国当代文学的别样记录，也为当代文学史的书写提供了不可忽视的细节，是一个人的文学史，也是一代人的文学记忆。

日常和朴素

我看贾平凹，是接受了孙犁的指引。

早些年读孙犁，见孙犁给贾平凹写评论、写信、写序，提携至极。孙犁对贾平凹这么偏爱，想来作品肯定不差，那时的贾平凹也才三十左右吧。之后，有意识地看了一些贾平凹的散文、中短篇小说、长篇小说，这个顺序是根据我对贾先生作品的偏爱程度来排的。

贾平凹有一篇《孙犁论》，写得真好，好在他懂孙犁。当年，贾平凹一走上文坛，孙犁就给予了很大的关注。贾平凹好像还在孙犁家里吃过饺子，熟悉孙犁性格之人都明白，这是不容易的。贾平凹的第一本散文集《月迹》在百花文艺出版社出版，不知可有孙犁之功。但应贾平凹之邀，孙犁给书写了序，这是1982年的事。这年贾平凹三十岁，孙犁六十九岁。二十年后，孙犁去世。贾平凹的《孙犁论》写于1993年，孙犁肯定是看过的。此文篇幅虽短，但多是知人之论，睿见很多。后来看孙犁女儿的《布衣：我的父亲孙犁》，书中提到，孙犁生前对这篇文章评论甚高。

我看的《月迹》为西安书友所赠，难得的是他还专门请贾平凹签了名。古人说三岁看小，七岁看老，贾平凹二十几岁时的文章，气象已彰显。

之后，我集中看了二十几本贾平凹的书。看得多了才意识到，能用大白话写文章，再寻到合适的词，如此，我觉得就可写成好文章了。贾平凹的文章即是如此，他的师承还是中国文学的传统。在《老西安》中，贾平凹坦言："我的文学创作使用的语言曾使许多外地人认为古文的功底深厚，其实是过奖和不了解，我仅是掌握了西安语言的特点而从民间话语中汲取了一些东西罢了。"饱读古书的贾平凹说的也许是事实，但自谦之辞也很了然。

读者中如我这样的，喜欢他散文多过小说的大有人在。他自己在文章里也写到过。他的话是这么说的："一些人说我散文写得比小说好，我说那我就不写散文了，专门去写小说。"我最初看到他这么说，是在他的散文集《天气》中。算算，这样的说法起码存在三十年了。三十年过去，从我看过他的作品而言，还是觉得他的散文比小说好，尤其中年后的散文，大道至简。

看《天气》时，还记住了序言中的一句话："读散文最重要的是读情怀和智慧，而大情怀是朴素的，大智慧是日常的。"此句对理解贾平凹的作品不可忽略。

老老实实地看张爱玲

十多年前买的残卷《张爱玲散文系列（下册）》，现在才翻开看，是受了近日所看之书的影响。宋以朗的《宋家客厅》，止庵的《插花地册子》，毕飞宇、张莉的对谈录《牙齿是检验真理的第二标准》，胡竹峰的《民国的腔调》都不约而同地谈到张爱玲，评价都不低，甚至很推崇，他们当然不是跟风之言。我想，是该看看她了，于是翻出了《张爱玲散文系列（下册）》。

以前有意避开张爱玲，是觉得她太流行，而我最怕阅读流行的书，因此也错过了不少好书。记得2013年在潘家园碰到过一套安徽文艺出版社的《张爱玲文集》，要价二三十块钱，可是犹豫过后却没买——五年后，后悔了。

看过了《张爱玲散文系列（下册）》，在家中书架上又扒拉出了《小团圆》和《少帅》。毕飞宇在和张莉对话时就谈到了《小团圆》，他说："张爱玲如果没有《小团圆》这本书，她就是盛夏的丝瓜，像水果，像黄瓜。到了《小团圆》，深秋来临了，给人的感觉真是一个丝瓜，一点儿水没有，里面全是筋，这个蛮可怕的。"

老毕说得真好，是阅读的经验之谈。其实，我以前应该是看过张爱玲的。

多年前，应该是高中时的某个暑假，不知从哪里找到一本没有封面的小说，是张爱玲的，有《第一炉香》《第二炉香》……那时不懂事，看不进去。张爱玲大概不如金庸、古龙那样深受少年欢迎吧。近二十年后重读，没有了当初的阅读印象。但记得深的是《第一炉香》我看过，肯定看过，还记得书页的黄，如同盛夏燥热的空气，在手边挥之不去。所记得的，也仅此而已。

有人说要想理解张爱玲，非得先把《红楼梦》《海上花列传》读透不可。《红楼梦》我仅粗读过一遍，《海上花列传》还未曾读。但我看了不少张爱玲谈《红楼梦》的文章。张爱玲看《红楼梦》看出了"高鹗续成的部分，与前面相较，有一种特殊的枯寒的感觉"，那时，张爱玲才二十四岁。现在我们常说到的一些她的代表作，大多是在二十四岁之前已经完成了。她自己也在《谈写作》中说过，八岁时第一次看《红楼梦》，"以后每隔三四年读一次"，《红楼梦魇》也成了理解、解读张爱玲绕不过去的作品之一。

张爱玲之所以为张爱玲，在于她的世俗、烟火气息和人情练达，这些都记在了短短几万字的《异乡记》中。这本张爱玲1946年由上海到温州找胡兰成途中所写的札记，我看得很慢，看了整个夏天。《异乡记》的好是繁花落尽，也尽显了张爱玲的聪慧。她说，文人只须老老实实生活着。其实，何止应该是文人。

身边读书的朋友喜读张爱玲的很多，不喜欢甚至根本不读的更多。今年夏日和往年一样热，不一样的是我天天宅在狭小办公室里看张爱玲。一台电脑、一台风扇以及几本书为伴，扇叶转动的声音在夏日午后听起来，不知为何总感觉是生活在张爱玲的小说中。从夏天到冬天，我都在老老实实地生活着，每天过着单位、家两点一线的生活。到了冬天，我还在看着张爱玲，电风扇换成了暖气，我靠在暖气片上，热气冲淡了张爱玲的文字带来的寒意。

"有事生非"的王彬彬

十几年前，在大学某食堂地下室的一家旧书店遇到了王彬彬的《为批评正名》，书大约只有五成新，是店里出租用的，看得出来看过的人还不少。到我进校时，玄幻小说盛行，《为批评正名》之类的书多已无人问津，书店也急于处理掉，于是我花了六七十块钱把包括《为批评正名》《苦茶：周作人回想录》在内的二十几本书抱回了宿舍。

《为批评正名》和稍后买到的谢泳的《逝去的年代》成了我大学阅读次数靠前的两本书，并影响了我随后十多年的阅读志趣。至今，《为批评正名》还立在书架的外侧，偶尔拿出来翻翻，封面上眯着眼的王彬彬抽着烟，凝视远方。就是封面照片上这个人，把"所谓'做学问'的人分为两类，一类是能把话写通的人，另一类是话常常不通的人"，遇到"话常常不通的人"，批评起来真是毫不手软。

在一本书的自序里，王彬彬这么写道："从研究生时期开始，就写些评说当下文学和文化现象的文章。这样写了十多年，终于感到有些厌倦，于是便把目光投向往昔的文坛，写一些谈论往昔文坛人、文坛事的文章。但写着写着，不知不觉间就跑出了文坛，写起了与文坛、文人无关的文章。"这几句话大概可以概括王彬彬著作的范畴。十多年里，他的书我陆续看过的有《并未远去的背影》《文坛三户：金庸·王朔·余秋雨》《有事生非》《大道与歧途》《当知识遇上信念》《城墙下的夜游者》《往事何堪哀》，都没有超出过这个写作范围。

王彬彬对鲁迅很有研究，不敢说他颇有鲁迅风范，但鲁迅肯定是他"虽不能至，然心向往之"的。就像《有事生非》这个书名一样，他的"非"针对的都是"有事"者，他批评的不服者有之，争辩者有之，但多少年过去，他的文章多被心安理得地收在了书中，五年过去，十年过去，还经得起推敲。

另一方面，王彬彬近年来多把目光投注到了往昔的文坛，虽说有些文章跑出了文坛，和文人无关，但细究之下发现，其实还是未离开文坛。在故纸堆里，王彬彬沉浸其中，钩沉过去的是与非。我在看他的《并未远去的背影》等书时就常有感叹，王彬彬笔下往昔的文坛和文人，岁月经年后真的成了往昔，多半慢慢淡出了视野，被遗忘在历史的河流中。但多年后，经过作者之笔的爬梳，扑朔迷离的历史抑或当年偶然的、不起眼的小事也都值得一再解读，值得将历史还原。

过去和现在的苏童

大学时，在乌鲁木齐的一个旧书店里，我第一次"遇到"苏童，他的《米》和《妻妾成群》先是租来看了，之后买来放在宿舍被人借走，至今未还。后来，当我通过微信读书软件看苏童的长篇小说《城北地带》时，见评论者多，有说学生时代在学校附近多书店，租书看的人也多，许多人看苏童就是从这样的旧书店开始的。这些评论引起了我的共鸣，评论者应该是我的同龄人。

十多年后的一个夏天，从主编的书架上发现了《米》，借来重看。之后的几个月里，一头扎进了苏童文字的深渊，一如盛夏游泳，一个猛子深扎，凉透全身。

依旧记得当年苏童的那几本书，纸页旧黄而不皱，是被人多次翻过的，好像还有一点儿潮，莫非是因为书店在地下室的缘故？然而这样的几本书，真像是苏童小说的意境，看得多了才有一些体会，他的小说语言有文采，善于抒情，画面感强，这大约和他早年受到的语言训练有关。现在很多小说，只有故事，没有语言。汪曾祺甚至直言："写小说就是写语言。"苏童用作品来印证着他的江苏老乡之言。

苏童曾坦言，他早年写过诗，这为他后来的小说语言打下了基础。也难怪我的一个诗人朋友成了苏童的死忠粉，他不仅存有苏童著作的所有版本，还能背出苏童笔下的许多段落。他诗歌的灵感和意象也多来源于苏童的作品。

盛夏之后的几个月，与苏童著作为伴。其间，有个同学推荐我看苏童的《白雪猪头》。当时我正准备入睡，但还是忍不住在网上搜来看了，然后没有了睡意，接着再看一遍，失眠了一夜。在看他的其他作品时，发现与二十岁时的阅读感觉多有不同，毕竟我已经三十多岁。当然，重看时，初次阅读的记忆不时地重现，这些过往的印象我以为早就忘掉了，没想到不经意间就又跑了回来。十年前看《妻妾成群》，注意到后花园墙角的紫藤，没想到十多年后多次重看，依旧对这紫藤难忘。这样的"难忘"在重读时经常会遇到。

再看苏童时，也常有重读如新的感觉。我在看《一九三四年的逃亡》时感觉就很奇怪，每次看都像是没看过的样子。后来看到苏童的自述，提到这篇小说我才解了惑。这篇小说的写作，对苏童而言是突发奇想的，触动他创作的来源也很奇怪——"大概是几幅画"。当时写作时，他没有具体的创作大纲，就画了几幅画，人物线索、小说情节都由这几幅画而来，作品也是顺着这几幅画来写开的。从这里，我找到了苏童许多作品中强烈画面感的来源。

　　前年有过短暂的苏州之行，走在青石板路上，记起曾经看过的苏童作品，文字的氛围和我身处的现实隔着一条江南的河流，有舳公摇船而过，我却有了一种卷起裤腿蹚水而过的心思。

没有长大的山

书中日月长

束之高阁的书

躺在床上看着书架，尤其上面几层的书，想到了一个成语：束之高阁。

这几年买书，贪多。读得却不多，甚至比较少。其结果就是，人生存的空间不断地被书挤占。书架放不下了，就放暖气包上，暖气包上码了一排又一排后，码书桌上。

家里有一大一小两个书桌。大的在书房，小的在卧室。装修时把卧室的阳台改造成了小型书房，两边墙壁上都打了书架，如今也是满负荷装载，真担心哪天它们承受不住，倾塌下来。所以即便见缝插针还能放几本书，也不敢硬塞硬挤了，姑且就让它们保持着现状。

卧室里的小书桌，只有电脑桌大小。之前是我看书写作的地方，一台不大的笔记本电脑、几本书，如此面积也足够了，只是近来不够用了。原因无他，见书无处放，就一摞摞地往小书桌上码，不大的桌面上垒起来的书，如城市中鳞次栉比的高楼，楼间距小得伸手可握。

不断增加的书，把我写作的空间从卧室移到了书房。跟随我一同到书房的，还有继续不断增加的书，从小书桌逐步蚕食到了大书桌。此刻，如饭桌般大的书桌也仅留下了放电脑的地方。

买的书，受赠的书，还在不停地带回家。我紧接着又把目光盯到了小书桌下的一块空当，好像可以码几摞书。于是，选了一些近段时间不准备看的书，一本本地码着，如少时在老家见到的砖匠砌墙，砌得严严实实。即便如此，还是有些被装在了纸箱子里，堆在一边，要看的时候再翻吧。

家里的这些书，在我的余生，每天不停地看也是看不完的。于是，有些书的命运便是束之高阁，或被塞在哪个角落，等待重新被发现。连我自己都怀疑这些书会不会有重新被发现的一天。

下午翻张宗子的《往书记》，在序中，张先生说他每次搬家都是大刀阔斧地处理一批书。这样的经历，我前些年也常经历，每次搬家最难处理的只有书，舍不得扔，舍不得送人，书反而在一次次搬家中日见其多。

许多时候，无事时浏览书架或书堆，发现一些书从买回来就没打开过，甚至连外面的塑封都没拆，此时早已忘记了当时买书的缘由了——莫非是脑子进水了？

书，买着不读，是一种病，真该治治。

书中日月长

今年的阅读时间，大部分用在了重读孙犁的著作上，尤其是"耕堂劫后十种"丛书。很长一段时间里，沉浸在孙犁的文字中不愿走出来，后来写了一组《黄卷青灯——记读孙犁》才作罢。书中日月长，而现实生活的指针已到了年底，21世纪的20年代已快过半。

曾经有几年，孙犁的"能安身心，其唯书乎"被我写成小条幅，贴在书桌旁的墙上，坐在书桌前就能看到。有些时光，静坐其前，几本书，几杯茶，可消整日时光。现在想想都让人怀念。

临近年终，我的思绪变得烦乱，看书的状态不佳，体重却在飙升。家里有去年买的十几本碑帖，随手翻出来看。我不懂碑帖，纯属瞎翻，时常走神。释读不出其中的字，便当画看，其实我也是不懂画的，只是在消磨时间。

找书，真是个麻烦事；找书的过程，真是个体力活。当我想看某书时，找来找去，翻箱倒柜，就是遍寻不得，待找到时，读的欲望已损耗了大半。倒是找的过程中，偶然会发现从买回来就没看的书，真是被我忽略得太久了。赶紧拿出来摆在书架的显眼处，以便提醒自己常翻一翻。这套碑帖，从买回来就束之高阁，终于等到"有存在感"的一天。

古人说，旧书不厌百回读，真不欺我。在单位，我把空闲时间用来重看《彷徨》，办公室内昏暗，灯光亮得发白，这种气氛是适合看鲁迅的。看周作人，常看得走神。《彷徨》里的小说，已经看了几篇，看文末尾注明的日期：《祝福》写于1924年2月7日，《在酒楼上》写于1924年2月16日，《幸福的家庭》写于两日后的1924年2月18日。鲁迅老师真是践行"撸起袖子加油写"的好榜样。这一年，鲁迅四十三岁。

鲁迅的这些单行本小册子是从旧书店一本本地淘回来的。次数多了，愣是配齐了一全套单行本《鲁迅全集》。其中十几本的原主人还是同一人，它们从兵团的七十三团流落到伊宁市，最终被我收进了书房。就这样，二十几本书新旧不一地立在书架上的鲁迅专柜。

前些年，伊宁市还有不少旧书摊、旧书店，它们都隐藏在城市的各个角落，本地的几个书友经常互通有无。旧书商们也很敬业，能收到一大批好书，许多书还是从本地老作家的家中流出来的，有书的扉页签名、印章为证。这些80年代出版的文学作品，我一旦遇到基本都不会放过。甚至还买到从上海图书馆流出来的书，这些书多是20世纪五六十年代出版的，后来不知怎么到了西北，然后又到了伊犁，最后被我买到。看着它们，就能想起往日流连旧书摊、旧书店的时光。

那些年错失的书

2013年春天在北京学习，友人陪着一起逛书店，从万圣书园出来就进了附近的豆瓣书店。在这里大有斩获，但也有遗憾。

记得是在一个书架最底层的一角，发现了一本范用的《叶雨书衣》，马上就放入一堆准备买的书中，接着就去选其他的书去了。

我知道《叶雨书衣》是在看了汪家明的《难忘的书与插图》和范用的《相约在书店》以后，一直就记着这本书。我看书有个习惯，一些想看的书也不急着去买，而是相信书缘，相信在某一天逛旧书店、旧书摊时会和它们相遇，这样逛书店的乐趣才会无穷。面对这本《叶雨书衣》，我也是如此，果然在两年后的北京和它相遇了。

也许是偶遇这本想读的书时太兴奋了，正应了乐极生悲的古训。付完钱拎着打好包的书回学校，拆开再逐一赏读，发现少了点什么，再回想——少了《叶雨书衣》。在书店选的这本书不见了，仔细回忆，也不知到底是落在哪个环节了，查看付款单子，书目里没有，应该还在书店。我还是太粗心、太心急了。因为当天已经太晚了，便想着没课的时候再去，希望那时它还躺在书架某个角落等着给我惊喜。但等我再去时，遍寻书店也未见到，大约是被别人买走了。

《叶雨书衣》出版的时间不算长，书也不是很难找。即便如此，我也没想着从网上买一本，我相信在另外的某一个地方的某一个书店，我还会遇到，那时我就要即刻买上再说。

有些书宁愿买了后悔，也别后悔当初没买，这是错过很多书后得出的买书经验。还有些书是买回来后丢失的。

上学时住宿舍，七八个人一间，一人一个柜子，塞得满满的。买的书、从图书馆借的书，只能放在床上。宿舍总是人来人往，有人随手从床上拿一本去看，久了未还，再久一点儿就丢了，肯定是要不回来的。还有一些时候，人不在，书拿走也就拿走了。自己买的书也就罢了,最怕的是丢图书馆的书,按照原价的三倍赔偿,对上学时的我真是一笔不小的负担。

我的"书不外借"即始于此。

刚参加工作时,住在单位宿舍,三年换了五个地方。每次搬宿舍都是一场痛苦的体验,捆书、装书,时间越往后,书越多……我曾在短文《搬书之累》中专门记了一次搬书的经历,没想到引起了许多人的共鸣。

我的有些书,也是在数次搬家中遗失的。

有一次突然想看《巴金六十年文选》,这是我在乌鲁木齐大寨沟夜市的旧书摊上花五元钱买的,后来带到了伊犁。想看的时候,遍寻不着,翻箱倒柜,书架一层层一排排地找过来就是找不着,丢了。可是怎么会丢呢?借而不还是不会发生的,因为书已经不外借了。细想,也只能是在搬家时丢的,可是如何丢的,怎么也想不起来了。

丢的书,当然不止巴金的这一本,比较可惜的还有大半套《伊犁文史资料》。

我一直注意搜集本地文史书,除了公开出版的,还有内部印刷的,几年里我陆续收集了十几二十本,后来政协的朋友知道后,送给我一些早年出版的,可是也在搬家的时候丢失了。

后来,只好重新开始搜集,要想再搜齐是比较难的了,几年来,在师友的帮助下,也只有二十多本的收获。

夜读及其他

最近夜班比较频繁，经常要求不许睡岗，只好用看书、看电影来抵抗睡意。电影看得少，看得多的是书。

许多夜间的光阴就在书页间慢慢逝去。有时看书看得累了，打开窗户让冷风灌进值班室，冷风之中，人也跟着清醒不少。室外有时飞雪漫天，有时一轮明月，有时几颗星星闪烁。凌晨三四点时，街道最空寂，真是空无一人、空无一车。我手执书册，或站或坐，一夜也就过去了。

年轻的时候，许多书不屑去看，那些年看的多是余秋雨、汪国真等时髦读物。待到年岁渐长，慢慢知晓经由岁月淘洗下来的书的好处，于是开始试图逐一补课。补课先是从"三言二拍"开始的，恰好这些书读起来也还算轻松，于是成了值班时的首选读物。这套书多是20世纪80年代中期出版的，有几本还跟我同龄，书的开本、厚薄也正适合，拿着读也不累。读书时常胡思乱想，那个年代的许多书做得都很精致，封面也做得朴素而简洁。现在逛书店，看着花里胡哨的封面，买书的想法瞬间荡然无存，即使是经典著作，也常包着"花外衣"，于是定价高得吓人，让我等穷读书人望书兴叹。

"三言二拍"中的诸多短篇，虽故事多有套路，然而语言干净，这也是值得我学习之处。值得学习的地方当然还有不少，等待慢慢发掘中。

有时值夜班时，想换换阅读口味，便读读汪曾祺，其实是一直都在读的。恰好前些日子，现代出版社的友人知道我喜欢读汪先生，便寄赠了一套《汪曾祺作品集》，分小说、散文两卷，收到时翻目录，大多是我喜欢读、常读的篇目，便留在了办公室。没想到最近值夜班时派上了用场。夜读汪曾祺，我一般都选在凌晨二点至五点最困的时候。在这样的时间段读汪曾祺，便不觉得时间是煎熬了，汪先生的"随遇而安"是不易学得的，但向往之心是可以有的，尤其是在这样的深夜，漫长的空寂中，随遇而安是好的。

偶尔也翻翻新近出版的文学期刊，上个夜班看的就是新到的《南方文坛》。这个杂志基本每期都要看的，每期最先看的又是《文坛钩沉》栏目。本期周立民老师的《草创时期的人文社与新中国文学出版体制的构建——从一份社务会议记录说起》就是一篇很值得注意的文章。此外，还有一篇刘锡诚先生的《文坛风云中的顾骧》，刘先生的这个系列文章一直在留意，以前读他的《在文坛边缘上——编辑手记》一书，偶然发现了两封未收入《孙犁全集》的书简，便写了一篇《孙犁的两封集外书简》，未承想拙文被刘先生看到后，写了一篇《又一封孙犁佚简》，还提到了拙作。

看值班表，今晚又是夜班。要读的书也准备好了：杨镰主编的"西域探险考察大系"丛书中的《橘瑞超西行记》。这套书我陆陆续续地买齐了，也正陆续地一本本地读下去。读好书，光阴快。

在阅读中，一个又一个夜班过去了。

一辈故人

常风这个名字，现在提到的人不多了，记得的就更少了。我也是因为看多了谢泳的文章才记住了这个名字，继而留意搜寻他的著作来看。然而，找来找去，也只有一本辽宁教育出版社20世纪90年代出版的《逝水集》而已。即便这是由《逝水集》和《弃馀集》两辑合为一册，拿在手中依旧感觉是薄薄的小册子，然而内中文章跨度逾六十年。

从谢泳的一些文章中对常风有过零星的了解。这一本《逝水集》看完，常风其人就有了大致印象。从文章中，我知道他是朱自清、周作人、朱光潜等人的学生，和钱钟书、杨绛还是大学同班同学，他曾经还跟沈从文、李健吾等都交往甚密。20世纪三四十年代中的八年，常风和沈从文书信往来近七十封，如果不是后来特殊年代散失，这将是很难得的史料。要知道，1949后，常风就基本搁笔了，几年后从北京回到故乡山西，在山西大学教外语，并终于此。

《逝水集》的书名来自第一辑"逝水集"，这一辑还有一个副题：师友琐忆。所收多是1983—1992年所写的怀师念友的文章，除了1948年写朱自清的那篇《朱自清先生》外，均写于1983年以后，平均一年不足一篇。这些文章有史料，也有细节，其中细节多有动人处，读时令人感动。他写这些文章时已经年过七旬，所写也多是五六十年前的往事，其中两篇干脆直接以《五十年的友谊》《六十年的友情》为标题。

评论家郜元宝曾说，拼命发掘小作家，正是已经走到山穷水尽的现当代（尤其现代）文学研究无可奈何的常态。然而，从另一方面说，这样的"拼命发掘"是十分必要的。现在流行打捞文学史上的失踪者，常风就正处于失踪状态，还有待进一步打捞。

常风还是书评的写作及研究的先行者，《弃馀集》就是他20世纪30年代所写书评的结集。常风写书评，源于他的老师叶公超的督促，后来写书评，多是因为"要写小说没有生活，写散文而文思枯竭"。也是因为写书评，他结缘了沈从文等人。沈从文和萧乾还经常给常风送书刊，请他写书评。《弃馀集》中有一篇评论鲁迅《故事新编》的文章，是初版时没有的。据作者写于1995年元旦的再版前言中交代："其中《鲁迅的〈故事新编〉》一文，书局编辑考虑到当时的局势，为了使该书能较顺利出版，只好忍痛抽掉了。"这个细节让我们知道，在当时，鲁迅竟如此"敏感"。

关于理想的书评家，常风觉得应该具有"平衡的心"，具有正直、诚恳、严肃的态度，还须具有渊博的透彻的知识、不偏颇的欣赏能力。

对书评的理解，常风的一些观点至今还很值得注意。他在给萧乾的《书评研究》的书评中谈到写书评时应该有的警惕："书评不是谩骂，不是捧人，不是吹毛求疵，不是痛快淋漓发表自己的意见……"

常风在1935年评论老舍的作品时说："我们的新文学有一个遗憾，作家都局限自己在一个狭小的社会里与个人的单纯的经验中。"这个遗憾，过去了八十多年，好像一直还在。

原来，他那么好

周作人的书

天热，窝在窄小办公室里看周作人的书。老旧的办公室光线黯淡，外面烈日高照，室内却是昏暗如阴天。因为在五楼，又是在里间，几无杂音，只剩下电风扇在独响。偶尔还有翻书的声音，也只有我能听见。

在这样的环境里，我下决心再读读周作人。这样的气氛中，也是适合读周作人的。

书是从主编那里借来的，岳麓书社20世纪80年代出版的，由《苦茶随笔》《苦竹杂记》《风雨谈》合为一册。扉页上还留着购书日期：1987年12月购于特克斯县。

书借来一年了，就放在办公室看。读着放，放着读。家里有舒芜编的一套四本的《周作人文集》，放在家里，也是如此，读着放，放着读。还有一套钟叔河编订的《知堂书话》，有时出门途中读，还是读着放，放着读。

今年整个夏天，大概是与周作人的书陪伴度过了。此刻，我就在看他大段大段带着双引号的引文，即如写一棵白杨，也是东拉西扯，动用书名号、双引号若干，却也植入得恰到好处，让我们这些没读过什么书的读者不服不行。须知，那个年代是没有关键词检索的。这就是那个让人想读又读不下去，不想读又放不下的周作人。读时真如盛夏误入蒸笼，汗流浃背。其实，说"误入"也是不准确的，有些汗流了是益于健康的。

周作人的书，书名都好，我忍不住就想逐一抄下来，《自己的园地》《雨天的书》《苦口甘口》《看云集》《瓜豆集》《风雨谈》《立春以前》《木片集》《夜读抄》……都不像其兄的书，书名常有所指，也多有来历。

前几年，我还生活在多雪的昭苏高原时，想编一本自己的书，书名都想好了，就从周作人这里而来，曰《雪天的书》。只是几年过去，《雨天的书》还在常翻，《雪天的书》终是没有编成。书虽没编成，但那些年看周作人，偶遇停电，得了一篇短文《灯下夜读》。那几年读书的状态真好，是近来常怀念的。

前几天看作家钱红丽说到读周作人的感受，没刻意地就记下了："读周作人，简直要抓狂……周作人的文章就是被大火吞噬后的废墟，让你一头一脸的灰，抄都抄不下去。"

我没抄过周作人，不知是否抄得下去。但从二十多岁开始看，断断续续，如今也三十多岁了，周作人的书一直在手边。有时看得入迷；有时看得走神，神游天马行空；还有时看得昏昏入睡，此时周作人的书是催眠良药。

书边的安静

我知兰姆、读兰姆,始于梁遇春。七八年前,大概是春夏之际,我还在兵团的一个最基层的边境连队谋生。连队有间破办公室兼做图书室,平时几乎无人进去。数个书架摆得满满的,地上堆着的也都是书,上面各个部门配发的书,送来拆都不拆就堆在地上。其实都知道,拆了也没地方放。书多是些农牧养殖业知识用书,教人怎么养牲畜家禽、怎么种麦子油菜,堆在那里没人看的。我初来乍到,没多给我安排工作,上班无事时,就一头钻进了图书室,在科普读物丛书中,竟然无意中发现了一本20世纪90年代中国广播电视出版社出版的《梁遇春散文》。两个月后,我就调离连队到其他岗位工作。在那两个月里,这本《梁遇春散文》成了我常看之书,也是我看梁遇春之始。

梁遇春二十六岁时便因猩红热离世。而他去世前三天,还在老师温源宁的书房讨论英国作家弥尔顿。后来有一年,看温源宁的《不够知己》,有一篇写梁遇春的文章。在老师温源宁眼中,梁遇春作风低调、衣着朴素、少言寡语,但"不知为什么,倒比言行张扬以求显达的人更加令人难忘。没有一丝想要炫耀的念头,置身于人群之中,他总是力图避人耳目而隐身在笑容背后"。

因为早逝,梁遇春留下的作品并不多,只要遇到,我也都细致地看看。最近正看的是梁遇春的《梁遇春读本》。书前有梁遇春的小传,再看时才发现,过去一些年里,看的仅只是文字,对作者的短暂人生关注得实在不够。梁遇春说他最怕人生的旁观者,我倒是无意中做了一回文字的旁观者。也是在看梁遇春小传时注意到,我初读梁遇春,其时正是二十五六岁的年纪。所以在三十岁以后看梁遇春小传,便忍不住地唏嘘,对其文字看得也更细致了。

据说梁遇春自幼就乐于活在想象的愁苦世界。这样的据说,我是深信的。他后来的作品,和此大概关联不小。

梁遇春的作品,深受兰姆等人小品文的影响,这是毋庸赘言的,如他在谈英国小品文作家杰罗姆·凯·杰罗姆《懒惰汉的懒惰想头》时说的,集里所说的都是拉闲扯散、瞎三道四的废话。梁遇春之作,多是这样"拉闲扯散、瞎三道四的废话",却也让人看得余味难绝。如果不是早逝,假以时日,之后的作品该是让人更加回味吧。这是我三十多岁时的瞎想,毕竟历史不容假设。

如今看书,多是零碎时间的拼接,看《梁遇春读本》竟然断断续续地用了几个月,在之前,这自是不可能的。我现在每看梁遇春,就很怀念在团场安静读书的时光。离开以后,就很少再有了。

沈从文的家书

家里有一套《沈从文文集》,十一大本,偶尔也翻翻,常翻的还是购自乌鲁木齐旧书摊的这本《从文家书》,上海远东出版社出的,是陈思和、李辉策划的"火凤凰文库"中的一本。

忘了是哪一年,肯定是来伊犁以后,有一年回乡,在乌鲁木齐转车,中途有点儿空闲去看同学。结果是,同学未见到,遇到一个摆地摊卖书的,空闲时间就消耗在这里,带走了这本《从文家书》,在火车上翻阅。这本书跟我回了趟老家,又从老家跟着我回了新疆。随我奔波万里的书,在我书架上还真不多。有些书是看完就放在老家,下次回去接着看。

书中所收家书前后跨度近三十年。最近一次重读《从文家书》常是深夜,一个人在台灯下,一页一页地翻看,沈从文、张兆和两个人的三十年就在不到一个月的晚上翻过去了。深夜的边城,寂静,偶尔有几声对话传来,也都是夜归的人。然而,正是这样的夜晚,看着沈从文、张兆和20世纪30年代的通信,想起来的却都是沈从文的后半生。这本书中也收了一些20世纪五六十年代他们的通信,从中看出更多的是感慨。

早期给张兆和的家书中,沈从文的敏感以及作为"乡下人"的自卑,在文字中是很明显的。也是在20世纪30年代,沈从文在给张兆和信中这么写:"我行过许多地方的桥,看过许多地方的云,喝过许多种类的酒,却只爱过一个正当最好年龄的人。"放到现在,是要在朋友圈刷屏的。

在1934年1月18日给张兆和的信中,沈从文表达了想印个选集的想法,这也是他第一次提到印选集,并在信中大致罗列了目录。两年后《从文小说习作选》由上海良友图书公司出版了。也是在这封信中,沈从文不无"狂傲"地"大言不惭":"说句公平话,我实在是比某些时下所谓作家高一筹的。我的工作行将超越一切而上。我的作品会比这些人的作品更传得久、播得远。"这个观点,沈从文大概一辈子都没变过。十几年后,他在家书中依旧认为,他之前的作品现在很年轻,将来也会很年轻,说的都是同一个意思。距离这封信已经过去九十年,沈从文也已离世,当年他的预言,如今正是现实。

到1956年,沈从文在外出途中还会再看《湘行散记》,并在当年12月10日给张兆和的信中说:"觉得《湘行散记》的作者究竟还是一个会写文章的作者。这么一只好手笔,听他隐姓埋名,真不是个办法。"

除了家书外,书中还收了几篇沈从文处于"癫狂"状态中的呓语。其中1949年5月30日在北平宿舍里写下的手记,现在读来依旧悲从中来:"我似乎完全孤立于人间。""世界在动,一切在动,我却静止而悲悯地望见一切,自己却无份,凡事无份。""就是我手中的笔,为什么一下子会光彩全失,每个字都若冻结到纸上,完全失去相互关系,失去意义?"后来我们知道,此后沈从文放下手中文学之笔,转行进入文物方面的研究,许多研究成果都是开拓性的。沈从文的转行之谜,也成了沈从文研究绕不过去的课题。此时,再回头看看20世纪30年代他写给张兆和家书的"狂傲""大言不惭",便再也忍不住生出造化弄人的慨叹。如他在1949年9月20日给张兆和的家书中所言:"一只直航而前的船,太旧了,调头是相当吃力的!"

沈从文的家书内容真是事无巨细,凡事都"汇报"。1956年在长沙,坐船时遇到卖脚湿气膏的小贩,见其口才好、言语顿挫而富于节奏感,认为吸收到博物馆做讲解员必然是一把好手。沈从文的"敬业",真是着迷了。

这本《从文家书》出版时,张兆和先生还在世,并为本书写了后记,后记很短,却非常值得重视,她在短文中写道:"从文同我相处，这一生，究竟是幸福还是不幸？得不到回答。我不理解他，不完全理解他。后来逐渐有了些理解，但是，真正懂得他的为人，懂得他一生承受的重压，是在整理编选他遗稿的现在。过去不知道的，现在知道了；过去不明白的，现在明白了。"写这些文字时，张兆和八十五岁，她晚年最重要的工作是整理沈从文的遗著，编辑《沈从文全集》。在《沈从文全集》出版第二年，张兆和以九十三岁之龄与世长辞。这些是在看家书时不由自主想到的，忍不住吁叹。

过去的书

前几日，一直很投入地看李敬泽的《看来看去或秘密交流》。这本出版于十七年前的书真是精彩，于是看得快，看过后生出意犹未尽之感。记起书架上应该还有他的书，便翻来倒去地找出了这本《见证一千零一夜》，阅读本意只是为了延长前一本书留下的余味。

这是当年《南方周末》的《新作观止》专栏的结集，记录的是作者李敬泽个人的文学生活，所以这本书还有个副标题：21世纪初的文学生活。虽是个人的生活记录，但作者更"希望为中国人在这世纪之初的文学生活提供一份旁证"。

这本出版于十四五六年前的书，我已经记不清是哪一年在哪个地方买的了，我曾长久地保持在书的扉页记录买书时间和地点的习惯，本书却全无痕迹。它起码也在我的书架放了十年或者更久了吧。但当我翻过扉页到了目录页，蓝黑墨水写下的日期依旧清晰如新写。烂笔头终究能让我找回些许记忆，这应该是购自新疆农业大学某个学生食堂地下室的愚人书社吧，所费三元或五元，正是我一天的伙食费。

哦，它跟了我已经十多年。十多年里随我辗转多地，经历过多个书架，我一次次地从书架拿下捆好，之后又重新摆在不同的书架上。让它难堪的是，十多年里我都未曾翻阅过。我一直勤于买书，疏于读书。这个习惯大概还会继续很多年，直至无力买书为止。

或许李敬泽和读者都没意识到，十多年后再看《见证一千零一夜》，会忍不住感叹："哦，原来这就是当年的历史！"尤其许多当年未经历者，阅读的过程更是重回历史的过程。这是片刻的文学史，在时间长河中，两年多或者更久一些，不就是片刻吗？

所以，时隔多年，看这样一本过去的书真是非常有趣的经历。

2002年，当李敬泽在谈论麦家的长篇小说《解密》时，大概也未料到十多年后这本书会因为一部电视剧而广为人知，书大概也多卖了不少本。还有当年看来是不错的作品，数年后已经无人提及，记得的就更少了，大浪淘沙金始终还未现。

许多写作者后来也都淡出文学书写，也许此刻正在以一个旁观者、一个读者的身份打量这个他们曾经短暂闯荡过的文坛。或许某一日，他们如从未出现过的新人，携带大量作品再次归来，必然又是一番热闹。即如早在2001年，李敬泽就格外关注新疆作家李娟的散文，他读出了李娟散文里的透明质朴、一空依傍，其时李娟二十二岁。后来有几年，李娟停笔。再后来，李娟携《我的阿勒泰》《阿勒泰的角落》等作品席卷文坛,刮起了"李娟风"。此风骤起,至今未歇。

然而,李娟这样的例子毕竟是少的。更多的是人与书俱老,从此相忘于江湖。作者在谈及马叙的散文《冬日经历:居室和城镇》时说:"我们的生活竟经不起这样的注视,表象在目光之下融化,某种坚硬的本质痛楚地袒露出来。"十三年后再重读2001年、2002年、2003年的文学生活,竟也"经不起这样的注视"。

也难怪李敬泽在《2012年11月:孙犁与肯定自由》一文中提及孙犁先生的《铁木前传》时说:"有的小说在几十年之后依然如新,但眼前的大批'新作'却转瞬成了'旧作'。"

这是一个速朽的时代,是一个接近永恒的时代,也是一个健忘的时代。当看至一百八十二页时,一张大学宿舍空白住宿卡先于文字出现在我眼前。这张天蓝色名片式的卡片夹在书中如新,它已经夹在书中起码有近十年了。然而,这也间接地告诉我,在书买回之初,我是读过的,至少是读过部分。这张住宿卡即是书签,至今我都还有随手拿名片或者纸片当书签的习惯,而学生时代,常用的书签就是这样的住宿卡或者红河烟的烟盒。只因宿舍里有个来自云南的同学,他是资深烟民,于是宿舍里随处可见的烟盒和住宿卡,就成了我触手可拿的书签。

正在写此文时,我的朋友胡竹峰问我:"你有没有觉得李敬泽的许多文章想象力特别丰富。"他是知我看过《看来看去或秘密交流》的。我说:"真是如此,无论是他的散文还是他的评论文章,真是想象力丰富。"虽然有时写得天马行空,可他会在恰当时候收紧手中的绳索,将之拉回来,真是收放自如。

收放自如的李敬泽应该也会料到，十多年后，还会有人重拾他21世纪初的文学记忆，遥望当年的文学生活。他应该有这个自信。

原来，他那么好

年岁渐长，许多以前读不进去的书，现在一读，滋味绵长，余味长存。"咽一口酽茶觉得爽快，这是大人的可怜处。"这是周作人喝苦茶的经验，我读书也是如此。比如最近读周作人即是，类似的感觉还出现在读阿索林时。

恰巧，周作人也是写过阿索林的。

前几年，安徽友人桑农送我一本他编选的《塞万提斯的未婚妻》，这是戴望舒翻译的阿索林（书上印为"阿左林"）小品文合集。即便周作人先生嫌这个书名既长又有江湖气，但读了几篇放下书来，也忍不住叹了一口气："要到什么时候我才能写出这样的文章呢！"

周作人的叹气，已经过了八十多年。待我初读时，是不觉得其好的，匆匆读过便束之书架最上层，一晃几年过去。这几年正好集中读汪曾祺，没想到阿索林这个外国人对汪曾祺的写作影响还蛮大，说他的创作是一条"覆盖着清凉阴影的小溪"。晚年汪先生提起还推崇有加。

读汪先生，记起知堂老人叹的那口气，便想着重新再读读。正好几日后有个去南疆的机会，来回要十几天，就带着《塞万提斯的未婚妻》远行了。漫长的车程，看书足以抵抗百无聊赖。原来，阿索林那么好。

车外，戈壁黄沙、黄土黑山；车内，我躺坐最后一排，手执一册。"城是建筑在山腰上，一条小河流过山脚……"循着阿索林的笔迹，我瞬间就穿越到西班牙古城。我走在街道，经过教堂，遇见了农人和僧人，在牧区看牧人"烧着他们的燎火"。

阿索林笔下的西班牙古城真是有趣。那座城，城里的建筑，建筑里的人，人的生活和言语，都是有趣的。即便生活在那里的人没有姓名，只是被称为"一个人""那家伙"，这也是无所谓的。读这些的时候，多想生活在他笔下的西班牙古城呀。也许，我只是一个西班牙街头的修伞匠，但修的旧雨伞，却"有几代人曾受过这把雨伞的遮蔽啊"。

阿索林下笔，文体意识不强，他的文章，有人当成小说看，有人当成小品细读咀嚼。如影子一般，他的这些难以归类的文字藏在何其芳、李健吾、沈从文、汪曾祺等人身后，如小溪水慢慢渗入他们的文章里。

在南疆的十几天，因为阿索林开始变得有趣，旅途的疲劳也常在书页间一扫而空。从南疆回来后，《塞万提斯的未婚妻》就一直放在桌上，我时常看一两篇，每日得以在西班牙古城穿行。生活本就该如此不紧不慢地过着。

青山依旧

青山依旧

生于1931年的钟叔河，少年时崇拜革命家，巴枯宁、克鲁泡特金便是他很崇拜的两位。在中学时，钟叔河听说"巴金"这个笔名就是为纪念这两位革命家而取的，内心就"增加了我对巴金的好感"。后来，当他读到巴金翻译的德国作家斯托姆的《蜂湖》时，"给了我年少易感的心以温存和慰抚"。对巴金，他也由好感变得从内心开始亲近。

二三十年后，在特殊的年代里，钟叔河身陷狱中，在极端的孤独和苦闷时，他不止一次地默诵巴金的译文，其中就有"我们的青春就留在青山的那一边，可现在他到哪儿去了呢？"的句子，1976年，钟叔河还就此写过一首诗：

记得青山那一边，年华十七正翩翩；
多情书本花间读，茵梦馀哀已卅年。

这些都被钟叔河写进了散文《记得青山那一边》中，时在21世纪之初。2011年，海豚出版社给钟先生出集子，他便以《记得青山那一边》为名，书中正文二十二篇，都"多少带有个人感情色彩"，其中记人七篇、记游三篇、记食五篇。

先说《记得青山那一边》的装帧，是很讲究的布面精装小开本，我心目中理想的小本子。之所以先谈装帧，是因为书的小引，钟先生整篇谈的都是书的装帧，他对当前的出版是不甚满意的，尤其不认可"如今的书本越做越大，越做越厚，越做越华丽"，此次出版《记得青山那一边》，"能再过一回'小开本'的瘾"，是很不错的。钟叔河注意书的装帧，不是一回两回了，曾看过他的一篇《看起来舒服》，就是专门谈《沈从文别集》装帧的文章。

钟叔河曾编选过几版《知堂谈吃》，对知堂的谈吃文章是十分熟悉的。他自己写起饮食文章来，也颇有知堂之味，书中的《黄鸭叫》《吃油饼》《吃笋》《长沙的春卷》《猪的肥肉》等篇即是如此。"黄鸭叫"是长沙本地人给一种野生小鱼取的名字，钟叔河将"黄鸭叫"的来历、吃法、风俗等一一道来，成于笔下，趣味和食味俱佳。同样的"佳肴"还有《长沙的春卷》。

在桃花江上的农家吃过一回的笋，让钟叔河难忘了五十年。时隔六七十年，让钟叔河难以忘怀的还有故乡的人和事。书中头两篇《故乡平江》《神鼎山》写的就是故乡的人和事，想来也都是钟叔河七十岁以后的作品，如他自言，"我怀念故乡，大半是怀念故乡的人和事"，所以在几十年后回顾往事，"卖油豆腐的彪形大汉"和"花白头发梳着巴巴头的'浣干娘'"都如在眼前，历历在目。

六十岁以后，钟叔河发现收到的讣告里慢慢出现了同辈的人。老友的逝世，在他心中"像一本翻熟了的旧书突然被从手中夺去投入焚炉，转眼化作青烟，再也无法摩挲重读了。时间过去得越久，书中那些美好的，能吸引人的篇页，在记忆中便越是鲜明"。如此，"想以文字表示悼念的心情也比过去多了"，于是或为悼文，或为挽联。所以在七篇记人的文字中，除《老社长》《卅五年前两首诗》外的五篇，都是悼念之作，又尤以《悼亡妻》最让人不忍卒读。

钟先生的爱人朱纯2004年被查出患有癌症，三年后的2007年去世，时年七十九岁，他们同甘共苦五十四年。在病中，朱纯除自己写作外，还帮钟先生打印、修改文稿，"于妻去世后出版的《青灯集》，一百二十三篇文章中的一百一十篇，也都是妻在病中帮我打印，有的还帮我修改过的"。此外，朱纯还催着"老头挪书房"，"将客厅改为一间大书房，把挤在内室的书大部分搬出来"，挪书房的过程被朱纯写在了《老头挪书房》中，"她自己却在文章见报十天后便永别亲人和生活了"。

在朱纯周年祭时，钟先生将出版社专门快递寄来的《青灯集》样书送到"托体的山树下"，并在心中反复默祷："朱纯啊，我不久就会来陪伴你的，你就先在这儿看看书，好好地休息吧。"

真是不忍卒读。

在悼亡之作的后面是一篇《酒店关门我就走》，讲的是人的生老病死，短短的文章，钟先生讲得通透，将生死也看得通透。如今九十多岁的钟先生笔力尚健，当会有更多新作面世。

书前书后

日前重读谷林的《上水船乙集》，内有一篇《得书杂记之二》，写的是《钟叔河序跋》。记起寒舍曾购此著，翻找出来却是《念楼序跋》，系湖南文艺出版社2010年出版的。此书我购于2015年，收到就束之高阁，看过谷林之著后便开始看《念楼序跋》。

1946年，钟叔河十五岁，当时他初中还没毕业，暑假时在乡间小屋用文言文作了一卷《蛛窗述闻》，共有三十五则笔记，并以病鹃为笔名写了一篇自序，时在当年7月5日。此为钟叔河写序之始。这则序言一直得以保存，并于六十五年后，在《念楼序跋》的自序中予以了披露。

所谓《念楼序跋》，顾名思义，收入的都是序跋文章，而且还都是钟叔河为自己写的书、编的书所作的自序。如作者所言："记叙了为写这些书、编这些书的心路，记叙了我这些年来的生命。"这些序的跨度从1980年到2009年，近三十年间，钟叔河与书为伍，虽然他自言看书"不易有闲""不易到手""不易读懂"等"大不易"，但用业余时间写作的他，还是出版了《从东方到西方》《书前书后》《念楼学短》《天窗集》《青灯集》《小西门集》《笼中鸟集》等个人作品集。此外，他编的书就更多了，"走向世界丛书"、关于周作人的系列丛书……无论是自著的书，还是经手编的书，大多都一版再版。

钟先生读书、编书、写书，对书、对装帧非常在意，但是失望的时候居多,"展得开"即是他的希望。这样的希望如今是很难实现的,他意外得到两本"展得开"的书,成了"近十年来第一遭真得开卷之乐",于是钟先生"满心欢喜,顶礼赞叹",还专门写文章《展得开》,向设计者和印刷厂表示感谢。他在《〈沈从文别集〉的装帧》一文中提及书的装帧,更是明言唯"朴素大方,看起来舒服"而已。然而,终究只是而已,"看起来舒服"的时候不多。当他发现自己的书《文艺湘军百家文库·散文方阵·钟叔河卷》"封面做得很是难看",就将给他的几十本样书"封面扯掉重新做过",书中的总序、总跋也一并"将其取掉了",这些都被他写在了《自印〈偶然集〉封面题记》中。三年后,钟叔河新出了散文集《偶然集》,在自序中旧事重提他自印的"没有书号、没有定价、没有上市,也没有进入国家图书目录"的《偶然集》。

《念楼序跋》中所收序跋,与"走向世界丛书"有关的共八篇。钟叔河写的关于"走向世界丛书"的文字有专门的结集,这套丛书影响力至今犹存。这套丛书还在不停地再版,"终成全璧"即是很好的证明。而钟先生为丛书写下的数十万字,同样也将流传下去。

几十年间,在"走向世界丛书"之外,钟先生用功更甚的是关于周作人作品的整理和出版,这从《念楼序跋》中也可看出端倪,书中关于周作人的序跋,竟有十三篇之多,几乎占了全书的四分之一。而数次编辑、修订《儿童杂事诗笺释》《知堂谈吃》更是成为佳话,各种版本也很为读者喜爱、收藏者看中,成了畅销书。

《书人陆离》中的钟叔河

收到姚峥华的读书随笔集《书人陆离》，先看的是《"走向世界丛书"的前世今生》这一篇，收在书的第二辑中，也是本辑的头篇。余下的《〈儿童杂事诗笺释〉二十六年一部历史》《野记偏多言外意——由二〇一七版〈知堂谈吃〉说开去》等两篇也都和钟叔河先生有关，紧接着也一起看了。

之所以打破从前往后阅读的常规，是因为在《书人陆离》之前一直看的就是钟叔河的作品。姚峥华的三篇文章写的是钟先生费时三四十年一直在做的两项工作：主编"走向世界丛书"，编选、出版周作人的作品。

前些年逛旧书摊，曾零散淘得过岳麓书社出版的"走向世界丛书"，淡蓝色的"走向世界丛书"之下是黑体"钟叔河主编"，此为我知道钟先生之始。后来一些年的阅读经历总也绕不开这个名字，或他自己的著作，或他编选的书，当然也有他责编的书。即便如此，但对"走向世界丛书"给予的关注并不算多。

前两年听说这套书中的一百种时隔三十多年，总算出齐了，便在网上查阅，最终被定价给吓退了。从姚峥华的《"走向世界丛书"的前世今生》中对这套书有了较为详细的了解，这是一篇关于"走向世界丛书"的出版简史，姚峥华在写作时很动感情。在文章开始，她就连用了"是一项……""是一套……""是一段……""是一个……""是一场……"排比句来概括老出版家钟叔河"毕生为之努力的精神硕果"。因为激动，所以感动，因为感动，姚峥华便"试图以颗粒状细小的横切面，见证这部生长期达三十六年的丛书的生命历程"。

在《〈儿童杂事诗笺释〉二十六年一部历史》中，姚峥华罗列了《儿童杂事诗笺释》的五个版本：1991年文化艺术出版社版、1999年中华书局版、2005年岳麓书社版、2011年安徽大学出版社版、2017年海豚出版社版。而钟叔河和周作人的《儿童杂事诗》结缘始于更早的1950年，当时钟叔河才十九岁，正供职在《新湖南报》。有一日，他偶然看到上海的《亦报》上刊载有署名为东郭生的《儿童杂事诗》，并配有丰子恺的插图。年轻的钟叔河"读而喜欢"，当时并不知道东郭生即为周作人。钟叔河于1963年开始和周作人通信。知道东郭生就是周作人的笔名，也是后来的事，"于是设法求得《亦报》剪报全份，后发愿为作笺释"，姚峥华在文中如此写道。

1979年，钟叔河到湖南人民出版社上班，编印周作人著作，从此开始由念想变成了实际行动，率先出版的是《周作人回忆录》，时在1982年初。此后，钟叔河编选了包括《周作人散文分类全编》（湖南文艺出版社）、《周作人散文全集》（广西师范大学出版社）等多种周作人作品出版。其中有一本《知堂谈吃》，几十年来钟叔河也一直不停地在修订、增补，从1990年到2017年，共出版了三个版本。姚峥华在书中说道："这些再版的作品，钟老每一本都重新撰写了出版说明，扼要交代再版之内容变化、篇目调整、面貌更新等要素外，笔端也流露出对知堂先生的一往情深。"

古风的美质

孙郁的门

2017年在王小波去世二十周年之时，孙郁写了一篇不短的文章《王小波二十年祭》。文章中，孙郁说"王小波是一面镜子，照出世间的种种傻相"。在更早之前，孙郁就写过一篇《王小波遗墨》，他的研究对象是以鲁迅那代人为主，主要研究范围用现在的话说，多半是围绕鲁迅及其朋友圈展开的。作为同代人，孙郁在王小波身上赋予诸多笔墨，这在他的写作中并不多见，可见王小波吸引孙郁之处甚多。

在孙郁的记叙中，他和王小波仅见过一面而已，同在一桌而不相识。王小波去世后，"大家热议他的时候，我才从照片上与他的名字对上号"。也是在王小波去世后，孙郁才开始有意识集中看一些他的作品。孙郁认为王小波的作品之所以让人喜欢，是因为"在根本上剔去了士大夫文本和精英文本的缘故"，他的文字"干净、劲健、阳光"。

谈论王小波时，孙郁难免会将之与他熟悉的张中行、汪曾祺等人做比较。所以当我在《走不出的门》这本书中看到孙郁将《王小波遗墨》和《旧京的漂泊者》《苦行者之路》《新旧京派》《又远又近的老舍》《汪曾祺散记》等篇章置于同一本书时，感觉毫不违和，并认为是理所当然的。

《旧京的漂泊者》一文中，孙郁历数明代以来写北京的文章，觉得写得好的作者主要是"客居那里的士大夫"和"有过异乡经验的北京人"。此外，他还很注意外乡人初入北京时的文章，《旧京的漂泊者》即是孙郁梳理20世纪二三十年代前后漂泊在北京的青年文人关于北京的文章所得的成果，文章涉及孙犁、梁斌、张中行、韦素园、高长虹、李何林、丁玲、石评梅、沈启无、废名……一一列出来的话，就是一部当年的文化史。这些青年文人的作品也如未名社出版的诸多翻译作品那样，"在北京荒凉的地方，那些文字像一豆烛光，在无边的黑暗里闪烁着"，苦楚、冰冷的背后，"有一丝丝热涌动着"。

同样，一丝丝热也在鲁迅身上涌动，《苦行者之路》写的是在教育部时期的鲁迅，是潜心抄碑文时候的鲁迅，即便"夜独坐录碑，殊无换岁之感"，但心依旧是热的。鲁迅是在"发酵"，以近十年的沉默来积蓄力量。在孙郁笔下，更显温情，这种温情在《新旧京派》中也时隐时现。在《新旧京派》中，孙郁勾勒20世纪二三十年代的旧京派和悄悄兴起于八九十年代的新京派，点评作家和作品，少少几笔都说到要处，在叙述传承与发展时，不经意地就厘清了新旧京派之别以及几十年京派文学的发展史。老舍久居京城，作品京味十足，然而在京派的谱系里，我却未看到他的名字。

孙郁注意到,老舍是在远离北京的地方写下《二马》和《骆驼祥子》的。虽远离京城,但老舍将记忆中北京的市井生活进行了复原。老舍的文字"仿佛残留于世的碑文,见证了老北京的人间喜剧。不仅叙述了一道道风景,而且也融入人们的日常生活里了",于此,北京的老百姓才"熟知老舍,像熟知前门、大栅栏一样"。老舍,离北京很远,又很近。在孙郁看来,老舍身上和文字中均无士大夫气,他的作品记录的是平民的命运,语言也是平民的,但"北京语言,是因他的升华而变得美丽了"。老舍的语言是生活化的,他认为只有生活化的语言才能表达、描述生活的美,这也可以解释为什么他的作品能被北京的百姓所熟识。

身在学院中的孙郁,行文却毫无书院气,他想"要装一点学院派的样子",当然装得也不像。孙郁说他的写作是想走出一扇通往明快世界的门,并自谦还没有推动这扇门,但是他的文章在识见之外,文字质朴、清俊,内敛而满腹激情。孙郁作品的迷人之处也在于此。

重温的旧梦

以我这样的知识阅历,来看孙郁的《百年苦梦——20世纪中国文人心态扫描》是有一点儿吃力的。书中所写到的人物,虽都有耳闻,但我看过原著的却不多。尤以所写的章太炎、梁启超、王国维、陈寅恪、梁漱溟等人的著作,我是望而却步的。但在孙郁笔下，他所写的人物是鲜活的，论述是通俗易懂的，或许这就是我在三年间二翻其书的原因。

孙郁通过二十多位文化人物来叙述"20世纪中国文人的心态史"，是他的一种旧梦的重温。在他的写作中，在我的阅读中，"旧梦"如影随形，"旧我的影子"也一直相随。

孙郁自己也不知道所写的是属于何种文体了，既不是论文集，也不算是人物素描，孙郁只是在"以自己的心，去体会生活，体味存在"，生活是20世纪文人的生活，存在也是20世纪文人的存在。如此富有的体验，也让作者意识到了"每个杰出的文人都是一个窗口"，孙郁从这样的窗口望出去，风景各异，风景难忘。

透过章太炎、梁启超、王国维、陈寅恪等人的"多样性和复杂性"，孙郁看到的是他们的固执、坚守和单一，内心的情感和认知的理性的不可调和。他分析王国维要做清朝"遗老"的三个原因，多与文化有关，所以，他才会在"王国维绝望的叹息里"听到"一个王国的挽歌"。

研究鲁迅是孙郁多年的专业。写起鲁迅和周作人来，他得心应手，灼见颇多，在《百年苦梦》中，他依旧将周氏兄弟放一起来谈论，于是有了一篇《周氏兄弟：绝望与逃逸》。此外，他还写有专著《鲁迅与周作人》。也是因为孙郁的这种专业背景，书中他写到李何林、唐弢、王瑶、钱理群、赵园、王晓明等几位以研究鲁迅为业的前辈、同行时，文章中溢出的感情更甚于他写其他文化人物。孙郁读李何林的文章，"每每有被电击的感受"，而李何林"读了那么多的书，但却在鲁迅那里停了下来"，所以整套《李何林全集》给孙郁的感觉，就是李何林终身"都在鲁迅的背影里以阐释鲁迅为己任"。

唐弢是另一个终身追随鲁迅的研究者，孙郁在《唐弢：未完成的雕像》一文中即以"唐弢的一生，一直生活在鲁迅的影子里"作为第一句，来奠定全文的基调。唐弢的一生，"以鲁迅的是非为是非"，他学写鲁迅式杂文，达到了以假乱真的地步。鲁迅在见到唐弢时就曾说过"唐先生做文章，我替你挨骂"。鲁迅去世后，唐弢"自觉地成为鲁迅思想的宣传者"。同样终身受鲁迅影响、走在鲁迅背影里面的还有王瑶、钱理群等人，如孙郁所言，"听钱理群讲话，永远离不开鲁迅先生"。

《陈寅恪的最后20年》一书让更多的人知道陈寅恪，走近陈寅恪。近年来，对陈寅恪的研究也有渐成显学的趋势。要谈论20世纪的文人心态，陈寅恪自然是绕不过去的人物。孙郁的分析有他的识见，而论及陈先生之复杂，简言以蔽之："其渊博的学识与现代人的观念、生活是背离的。"孙郁笔下的陈寅恪是鲜活的，看过之后让人有了找陈氏作品集来一阅的冲动。这种冲动在读他写胡适、钱钟书的文字时也是有过的。

我读张中行就是源于孙郁的文章。孙郁写过一本《张中行传》，此外还有不少单篇文章专写张先生。孙郁写张中行是杂而有序、洋洋洒洒的。同样，孙郁笔下的汪曾祺也是可爱的，孙郁为此不惜笔墨，时有佳作面世，并专门结集出版了《革命时代的士大夫：汪曾祺闲录》。

写20世纪文化人的心态，除了前辈人物外，孙郁还写了张承志、史铁生、贾平凹、王晓明等几位和他差不多同时代的作家、学者。在这些文章中,孙郁一如既往地真诚。他写贾平凹,在文章《西北人的道行》一开头即坦言:"贾平凹的作品我只读了一部分,此文有点妄议。"作为评论家如此坦言,现在看来真有一些不可思议。但孙郁就是在细读原作的基础上,真诚为文。他说王晓明的文章是"批评文字产生了一种散文效应"。孙郁自己的文章,又何尝不是如此呢?

旧时人物旧时梦

"民国的人与事,有许多在今天都不可思议。"这是孙郁先生散文集《在民国》的第一句话,说的自是实话。孙郁写起这类文章得心应手,花一些时间去读,也常会有所得。

《在民国》也不例外,全书虽只有十一篇文章,却差不多涵盖那个时代文化界的人事,时隔几十年回望,只能用"不胜感慨"来形容。

《狂士们》写的就是鲁迅那一代人,孙郁重点写了陈独秀和鲁迅,也可以说是一篇陈、鲁二人的比较论,他写鲁迅,"文人大多喜读鲁迅文章,乃是从中悟出反叛奴性的朗然之气。那志不拘检的阳刚之美,映出了同代文人的弱处"。同代文人中自然也有人喜读陈独秀的文章,而关于他们之间的比较论,《在路上》通过史料分析进行说明,读起来也很有趣。

那一代人的狂,前承接魏晋,后无来者。

研究鲁迅是孙郁的本行,所以写起文来真是精彩。《夜枭声》就专写鲁迅,在孙郁众多谈鲁迅的文章里,是分量很重的一篇。

后人在《新青年》杂志上发表的研究文章用汗牛充栋来形容也不为过。而孙郁在《同人们》一文里，将《新青年》的一干同人之间的关系、差异直至最后的分道扬镳，予以分析比较，真是到位。比如他说刘半农，"读其文章，是立着的，非躺在地上的时文"，说陈独秀"撰文虽有狂态，但无蛮气"，而钱玄同就不同了，"狂妄之语的背后，野性的东西多了，总令人觉得有些孟浪"。孙郁以大地上耕耘和空中楼阁来区别那些同人们，胡适、周氏二兄弟等自是耕耘者。这么多年过去了，《新青年》的同人们的著述，唯有他们的"一直畅销，这也说明了尝试比空谈更为重要"。

处于蜜月期的同人们，"分歧固然在，但那时的目标因为是与旧的营垒作对，故而彼此并不深议，不过深藏于心里而已"。但当和旧的营垒之战全胜时，深藏于心的分歧将会无限扩大，直至分道扬镳，甚至成为仇敌。

在《〈语丝〉内外》一文中，孙郁写的是《语丝》杂志的一班同人，由人而文，由文而人，从杂志的兴盛到衰落，文人之间由聚而散，都是一种历史，关乎选择，关乎道路。

《古道西风》以前没读过，在书中出现也有些出乎意料，没想到孙郁对民国那一次影响深远的考古还有所关注。因为生活在新疆，对斯文·赫定那次考古关注日久，以前关注的都是考古的结果，对考古之前和考古的经过关注得少，孙郁的文章正好可以补课。这么多年过去了，刘半农在其中的贡献，孙郁依旧在为其叫屈。距离孙郁写此文已经十年，不知学界对此是否有了足够的认识。

《月下诗魂》和《新旧之变》都未脱离孙郁的专业，写起来也都娓娓道来，少不得将其中的群体和鲁迅予以对比。我认为全书用情最深的莫过于写张中行的那一篇《故都寒士》，饱含深情而又不失文采和学术价值。孙郁认为，张中行晚年的出现，是新京派诞生的标志，他复活了旧时京派文学的灵魂，是一个很美的存在。张中行的文章，"像一颗亮亮的星，把沉寂的夜变得有些色泽，我们总不能不说不平凡吧"，我认为张中行的价值，现在还是被低估的。

关于张爱玲，孙郁写过几篇文章，长短都有。和本书其他几篇文章相比，写张爱玲的《在政治边缘》算是近作。对于旧时人物的张爱玲，近些年持续不减的火热，和民国热一起，让旧时梦重新复苏起来。

古风的美质

想买孙郁的《革命时代的士大夫：汪曾祺闲录》，连逛了几家网店都缺货。去孔夫子旧书网看，书是有，但价格却是原价的好几倍，要知道这可是近两年才出的新书呀。后又看到信息说此书正在再版中，就等着新版出来吧。抱着"贼不走空"的心思，买了其他几本书，其中就有孙郁的新书《椿园笔记》，这是他近几年写的读书笔记，分为三辑，每辑后各附了一篇访谈。

孙郁是学者，但他的文章没有学究气，这是我爱读他作品的原因。他的文章，我遇到都是要先看的。家中有不少他的书，我时常会翻看。断断续续看《椿园笔记》的两个多月里，我把孙郁的《走不出的门》《鲁迅忧思录》等著作重温了一遍。

在孙郁的文章中，汪曾祺是提到比较多的一个作家，他常把谈论的对象和汪曾祺来比较，王小波、贾平凹、阿城等人在孙郁笔下都逃不了要和汪曾祺比较一番。即使在谈论格非的《望春风》时，孙郁也不忘提及汪曾祺："与汪曾祺这类作家比，他们面对的是对于自己经验的调整，以及母语的试练。"《世情与远思》是一篇专门谈格非的《望春风》的文章，在众多有关《望春风》的评论里，孙郁之作应该让人眼前一亮，看过比较难忘，这不仅源于孙郁的观点，也和他的行文语言有很大关系。这篇评论，孙郁自己大概也比较满意，在访谈中、在《椿园笔记》的后记中都一再提及。

研究鲁迅是孙郁的主业之一，所以谈论其作品，鲁迅是绕不过去的一个名字。《椿园笔记》中收入的文章自然也不例外。从孙郁的《巴别尔之影》中，我才知道最早介绍俄罗斯作家巴别尔的竟然是鲁迅，他"没有像对待俄罗斯'同路人'作家那么耐心，只是对其价值做了简单的描述，余者则语焉不详"。多年后，孙郁读巴别尔，"出奇的人间之思"一遍遍地冲刷着他日渐凝固的意识。在将巴别尔和中国左翼作家比较时，孙郁发现中国左翼作家没有巴别尔的复杂性，多从感伤的人道主义层面进入革命文学。而到了20世纪80年代，"中国作家从巴别尔那里得到的，恰是那些革命话语之外的资源"。

"王小波是一面镜子，照出世间的种种傻相"，并且可贵地"看到了我们习而不察的存在"。这是在孙郁的《王小波二十年祭》中看到的，此文写于2017年，文中真是灼见多多。孙郁认为王小波的文本有着"逆常态里的卓识，反雅化中的洁白，往往指东说西，以玩笑式的口气开笔，却升华为一个严肃的主题"。正是"这种反本质主义的样子，恢复了我们写作中的某些元气"。

孙郁关注作家的作品和创作，很注重作家代际之间的传承。他也注重梳理传统的脉络，注重写作者的文辞。用他自己的话说就是"汉语的自觉"，所以他认为王小波的特殊性就是有属于自己的辞章。他在提及汪曾祺、孙犁的创作时也是如此，看出他们的文章有几许古风，在文白之间。由于他们的实践，文章书写的路径终于得到了改变，"把革命之后的文学术语，退回到'五四'的文脉中"，于是传统得以延续。《在古风之中》一文，谈的虽是贾平凹的创作，但笔触延伸的却是贾平凹文字的源头，也是中国文章的源头。20世纪80年代，由于汪曾祺、孙犁、贾平凹等人的出现，我们才体会到了古风的美质在今人文章中也可以楚楚动人。

古风的美质在阿城的作品中也时有体现。在孙郁看来，阿城是一个很会写文章的人，他"懂得中国词语的内在韵律"，在阿城的写作中，他不顾周围的炎凉，"以文字的方式，与我们对话"，"以自说自话的方式，完成了与时代的一种另类交流"。我在看孙郁谈论阿城等人的作品时，感觉孙郁下笔写的不是常见的学报体文学评论，而是一篇篇散文。这跟他的写作观有关。书中收入的一篇访谈《写作自述》中，孙郁就坦言，他是把批评当散文写，把散文当批评写，他的写作是介于学院派和作家之间的一种批评。所以，他的文学批评，既是评论家的批评，又是作家的批评；有批评家的理性，也有作家写散文时的"散文心态"。

青山万里看

书房日月长

我所居住的小城可克达拉市有一座图书馆,硬件很不错,藏书规模也可观。馆名是冯骥才先生题写的,我不清楚冯先生题字的渊源,但在图书馆大厅设置有冯先生著作专柜,可克达拉人以自己的方式感激着冯先生。我近日所读冯先生著作,即来源于此。

先读的是《书房一世界》。

文人都想有一间自己的书房,沉浸其中,可消日月,冯骥才当然也不例外。早年的冯骥才,书房也是睡房、饭堂和画室,写字、画画、写作、吃饭、睡觉都混同其中,这些在他的回忆录中都有详细的记叙。后来,他当然有了专门的书房,书房也成了他的心居之处,于是他的书房便有了"心居"之名。

冯骥才静静地坐在"心居",就如同坐在他自己的心里,在书房里可以随心所欲、天马行空地想象和思考,在书房的生活成

※ 没有长大的山 ※

了冯骥才理想的生活。直至他开始走出书房进行文化抢救工作，整日出门在外，奔波在田野，静坐书房成了奢望，静坐书房也成了他开展浩繁艰辛的文化抢救工程的动力。

关于书房，周作人说过一句很有名且被许多人认同之言："自己的书房不可给人家看见，因为这是危险的事，怕被看去了自己的心思。一个人做文章，说好听话，都并不难，只一看他读的书，至少便据出一点斤两来了。"冯骥才却在《书房一世界》中反其道而行之，带领读者走进他的书房，走进他的"一己的世界"，也是"可以放得下整个世界的世界"。

冯骥才写书房，也写书房里的物。如冯骥才所言的："许多在别人眼里稀奇古怪的东西，再普通不过的东西——只要它们被我放在书房里，一定有特别的缘由。他们可能是一个不能忘却的纪念，或许是人生中一些必须永远留住的收获。"《书房一世界》写的就是这些"不能忘却的纪念"和"永远留住的收获"。

除了书之外，冯骥才书房里的东西真是"千奇百怪"：有小药瓶、楹联、板凳佛、老照片、皮烟盒、笔筒、花瓶，甚至还有野鸟标本、连廊、檐板、泰山挑山工的扁担……真够千奇百怪的。这根扁担是2013年开始立在冯骥才书房门后的。

1981年，冯骥才写过一篇散文《挑山工》，后来被选入语文课本，成了如我这般读者读冯骥才之始。他五十多年间五登泰山，除了《挑山工》外，还写过长篇散文《五次登岱纪事》。2013年，已经七十一岁的冯骥才再一次登上泰山，探询挑山工现状，并做了其中几位挑山工的口述史，写了一本《泰山挑山工纪事》。其中一位七十岁的老挑工宋庆明，一生做了三十六年挑工,为感谢冯先生写《挑山工》一文,待冯先生此行下山后,"把用了一生的扁担赠给了我"。如挑山工的扁担一样,"心居"里的每件物品都有故事,都有回忆,都是人生。

在"心居"的一角,一直放有一只老旧黑皮箱,"上面花花绿绿贴满世界许多城市的标签",原来里面放着世界各地历史名人的手迹,有信札、签名照、公文、便条、乐谱、手稿、日记、简笔画,有海明威的信件和照片、司汤达的一页日记、李斯特的乐谱、雨果的手迹和大仲马、小仲马的信札……后来,冯骥才还将这些珍藏手迹印了一本精美的画册《巨人的手迹》。普通读者如我,当然是无缘得见的。但从《书房一世界》中看看,也是一种望梅止渴。

书房旧藏有时也能为冯骥才提供写作素材,激发他的文学创作。20世纪80年代,冯骥才收藏了一个单筒望远镜。当时,冯骥才觉得这是一个小说的意象,渐渐才有了具体的小说构思,早在1989年初,冯骥才就宣布要"继续去年尚未完成的两个创作系列的工作",其中之一就是长篇小说《单筒望远镜》的写作,当时终未完成。这个单筒望远镜在书房待了三十多年后,冯骥才终于将它写了出来,这就是2018年底出版的长篇小说《单筒望远镜》。

田野调查和民间文化抢救工作占用了冯骥才所有的时间和精力,他将田野当书斋,沉浸其中,他甚至作画义卖来筹措经费,到了"压榨自己的地步",哪还有在书斋长时间逗留的时候?有时发现自己在稿纸上停留得太久,必须返回到田野写一篇又一篇"大文章",因为"我要做的事远远比我重要"。著有《冯骥才周立民对话录》《寻找彼岸：冯骥才论稿》的学者周立民说："坐在他的对面，倘若有一刻沉默时光，我就能感觉到他的劳累、疲倦、忧伤、焦虑。"正如周立民所言："冯先生，不只是在书斋里阅读的作家，他读的书越来越大，为民间文化保护，他行走在中国大地；为探求精神的魅力，又奔走于世界各地。"

这样的奔走，在书房的物品中也都能体现。其中的许多物件，都和冯骥才三十多年进行的文化抢救工作有关。看冯骥才写的这些物品时，恰好在看他的田野调查札记《南乡三十六村》，两书对照着看，更能感知这些物品走进冯骥才书房的意义，每一件物品都是历史的记忆。

冯骥才写书房，写的是自己的历史。书房里的细节也许正是自己人生的细节，所以当认真面对、书写这些细节时，又何尝不是一种历史的回望？回望自己走过的路，重新认识生活、认识自己。冯骥才深知书房里的一切都是作家性格的外化，或者就是作家的化身。所以他在写书房、写书房里的物品时，写的是个中的情味和情意。

青山万里看

我是通过周立民的书进入冯骥才的文字世界的。书是《寻找彼岸：冯骥才论稿》，不厚的一册，都是有关冯骥才的文章，有论文，有人物记，有对话，有编后记，涉及冯骥才的方方面面，于是便开始拿起了冯先生的书。

在《寻找彼岸：冯骥才论稿》出版更早的2003年，周立民就有一本和冯骥才的对话录出版。那时的周立民三十岁左右，他对冯骥才的研究之路自此开始。在对话时，周立民就感觉到冯骥才从书斋、个人生活中冲出来，让知识分子之"大"、精神气度和胸怀之"大"覆盖在他倡导的民间文化抢救工程的角角落落。受冯骥才精神的感召，周立民在研究中呼吁："应当把冯骥才和他的同人们所作所为记录下来，保存下来，告诉更多的人，也让更多的人加入这个行列中来，为这个民族！"

在研究之外，周立民着手行动了——2016年创办和编辑冯骥才研究季刊《大树》，从天津大学冯骥才文学艺术研究院的资深旁观者转变成了参与者。杂志的名字之所以为"大树"，大约和冯骥才的"大树画馆"有关。对于大树画馆，冯骥才有专门的说明："大树画馆之'大树'二字，取意于冯氏先祖汉将冯异，立功为国，但不求利禄功名，每见众将论功，则避于一棵大树之下。因被尊称'大树将军'。敬我先祖高风亮节，故以大树为馆名。"

在周立民的冯骥才研究中，"知识分子""使命感""责任感"是其中的关键词，如巴金一样，冯骥才从一个作家转变成了一个知识分子。一些年来，他所从事的文学、绘画、文化遗产保护、教育工作，无不是知识分子的使命感、责任感促使着高龄的冯骥才老人走出书斋，"把稿子铺在了大地"。

书中有一篇冯骥才和周立民关于巴金《随想录》的对话。在对话中，冯骥才多次谈到了巴金对他的影响，在他的回忆录《激流中》等处，冯骥才也多次强调了巴金、冰心、茅盾等五四时代知识分子对他的影响和教诲。冯骥才的行动，承接着五四时代，走出书斋，走向大地，做一个理想主义者，为引导普通民众的文化自觉而奔走……而梁思成、林徽因等前辈当年奔走保护北京城，虽然以失败而告终，但冯骥才觉得梁思成的心血没白费，传递下来了一种精神。也是从他们身上，冯骥才知道"我们知识分子就应当有独立立场，把一种精神、文化精神传下来，把一种责任感传下来"。从20世纪90年代开始，冯骥才所做的，就是如此——把一种精神传下来。虽然冯骥才多次说他是一个失败主义者，是一个失败的人，"做的所有民间文化遗产的抢救全部都失败了"，但如梁思成等人一样，冯骥才也传下了一种精神，他"以知识分子的'文化自觉'，为中国当代知识分子树立了一个标杆，开辟了一条值得深思的道路"。

《寻找彼岸：冯骥才论稿》中的许多文章，宣传的就是冯骥才的这种精神。在周立民的文章之前，我读冯骥才并不多，对冯骥才的精神也所知甚少。但如今我随着周立民的文字，开始了我的读"原著"之旅。

难能可贵的是，冯骥才一手在大地上用生命书写，一手伏在书案上书写。他近年来为我们贡献了《艺术家们》《单筒望远镜》等长篇小说和《冰河》《凌汛》《漩涡里》《激流中》等自我口述史系列，其中的许多作品就是冯骥才奔走田野的路上、车上、飞机上，用平板电脑一笔一画写出来的。从这些著作出发，周立民注意到，要研究冯骥才，必须从中国当代文化进程和知识分子精神史的大背景下来考察，冯骥才是难得的中国当代知识分子研究样本，他的启示和价值是多方面的。

然而，可惜的是，作为知识分子的冯骥才，随着时代的发展,距他投身民间文化抢救工作已近三十年,他的良苦用心被时代洪流裹挟着,而冯骥才依旧堂吉诃德式地奔走,他的价值什么时候能真正体现呢?对此,冯先生早已料想到了:"既要站在现在看明天,还要站在明天看现在。用未来价值校正现实。"

山高人更高

在冯骥才书房门后,立有一根扁担,这根扁担和我正在看的《泰山挑山工纪事》有关。在《书房一世界》中,他有专文写到这根扁担的来源和渊源,并有较为详细的记录。冯骥才认为这根扁担是一个昂然、苍劲又珍贵的历史生命。

与冯骥才纠结着的泰山,让他赋予过太多的笔墨,以诗歌的形式,以散文的形式,以绘画的形式,以口述史的形式……他的"文化事件乃至人生故事都与泰山密切关联一起"。2014年,冯骥才将和泰山相关的诗文书画、人生故事汇成一册《泰山挑山工纪事》,让我们从一本书中可以了解冯骥才的泰山缘。

冯骥才第一次登泰山是1963年,学画的他跟着老师去写生。其实,未上泰山而泰山早已了然于胸。冯骥才从小就耳濡目染着泰山的魅力。他的姥姥家在济宁,姥姥经常给他说起泰山的景物和传说。他的家中还存有1922年外祖父和康有为游泰山的照片,冯骥才的母亲也在照片中。可以说,冯骥才是在泰山的博大和尊贵的氛围中长大的。

第一次上泰山的冯骥才,走着走着就走到了姥姥讲的故事里。十三年后,冯骥才是天津工艺美术工人大学教国画的老师,和同事一起带着学生上泰山,并在山中住了半个月,写生多幅。

1989年,冯骥才的父亲去世了。为了帮助母亲摆脱悲痛,次年他带着母亲一起到全国各地办画展,第一站放在母亲的家乡山东。冯骥才的母亲从1936年到天津后还没回过故乡,这次回乡肯定要去泰山,他的母亲已经七十多岁,竟然登上了泰山极顶,下山以后,他的母亲心情好了很多,"只有泰山能给我母亲如同新生一般神奇的力量"。也是这次登泰山,冯骥才多次发现有学生和挑山工合影,这是由于冯骥才1981年写的散文《挑山工》被选入语文课本,引起了孩子们对挑山工的敬佩。

《挑山工》这篇文章,据泰安市人民政府统计,至1996年有近两亿中国人从课本上读过,我即为其中的两亿分之一。因为这篇文章,泰安市人民政府授予冯骥才荣誉市民的称号,并赠给他一把"声称可以'打开'这座世界名山的金钥匙",冯骥才回赠了一幅《泰山挑山工图》。

挑山工为泰山做出的贡献,已经和泰山紧密地连在了一起。此后,冯骥才经年累月地为城市历史保护和民间文化到处奔波,多年未登泰山。突然某一天,他听说在泰山难以见到挑山工了,"最后一代挑山工"牵动了他的心,文化意识让冯骥才觉得应该为此做些什么。于是,他专门再上泰山,找寻挑山工并做了一次泰山挑山工口述史。老挑山工、中年挑山工的口述,挑山工队长的口述,泰山管理者和泰山文史研究者的口述,冯骥才的采集细致而全面,为我们留下了珍贵的档案资料,而此时,泰山挑山工最年轻者已经四十五岁了。

"挑山工将何去何从?"在泰山做口述的冯骥才不禁发问。这些挑山工口述史的价值在今后大概会体现得愈加明显。就是在这次登山采集口述史时，冯骥才获赠了后来放在书房的那根老挑山工用了三十六年的扁担。

五次登泰山，冯骥才写了长文《五次登岱纪事》，此外他还写了好几篇有关泰山的散文，除了《挑山工》外，还有《泰山题刻记》《傲徕峰的启示》等都是值得注意的文章。在《傲徕峰的启示》中，冯骥才从傲徕峰横看成岭侧成峰的角度出发，思考文学艺术创作角度，傲徕峰给冯骥才的启示和感悟影响着他的创作。

冯骥才许多书中都放有和文字相关的插图，这些插图和文字相得益彰，构成了文字之外的一道风景。《泰山挑山工纪事》也不例外，有难得一见的老照片，有各个时期的挑山工照片，当然也有他的速写和绘画。

在书中，我们看到了冯骥才画的朝阳洞、五松亭、老庙、中天门、盘道、百丈泉、山间茶肆、挑山工……冯骥才还在这些写生册页写下题记，每篇都是上好的文章小品，同册页构成的整体让我摩挲品味了许久。

"山高人更高"是泰山的一处题刻，冯骥才对此句颇为欣赏、钦服。山高人为峰，冯骥才以他的文字之笔、绘画之笔（冯骥才曾拍过一张左手拿钢笔、右手拿画笔的照片）为泰山之极顶增添了高度。

没有长大的山

读着孙犁老去

早些年痴迷孙犁的文字，整日流连其中，十一卷《孙犁全集》看过好几回。尤其是先生的书信，更是常看。第一次看到他和当时还是学生的段华之间的通信，对段华真是羡慕不已，同时大有余生也晚之叹。

近几年，段华以援疆干部的身份工作于新疆生产建设兵团，我虽生活在新疆，却也无缘得识。好在还有文字，偶尔能看到他的一些关于孙犁的文章，或为旧作，我是专门在网上搜来看的；或是新写，在报刊上遇到，也都是要先读的。段华到底写了多少有关孙犁的文章，我无从统计，当我读到他新出版的《荷花的光影：孙犁之旅》时，发现我之前看到的文章，与此书中提及的文章相比还不足三分之一。

之所以以《荷花的光影：孙犁之旅》为书名，段华是想"以荷花暗喻孙犁先生，本书的文字记录了他的片光零羽。读者阅读时，如同旅行在孙犁先生的故事里"。正如它的副标题所言，是作者以孙犁为主题的文章的结集（并不是全部）。这些文章的写作跨度超过了三十年，真可谓是一本向孙犁致敬的书。另外，段华在文章中还多次写到了父母对他文学创作和阅读的支持，中学时的段华能看《茅盾全集》之类的书，父母的支持是至关重要的，这又何尝不是一本向父母致谢之书呢？

《荷花的光影：孙犁之旅》的出版距段华第一次读到孙犁的文章已经过去快四十年了。当时，不到十岁的段华被孙犁的《荷花淀》所打动，自此开始了作为孙犁"粉丝"的生涯。因为《荷花淀》，段华千方百计地想找收有这篇小说的《白洋淀纪事》，几年后才在淮阳县图书馆借到了这本书。当晚，段华"就是搂着这本书睡觉"的。

1982年，时年十三岁的段华在报纸上看到百花文艺出版社出版《孙犁文集》的消息，拿出省吃俭用的钱邮购了一套。

一天，段华看到了孙犁发表在《文汇报》上的《青春余梦》，用一个中午的时间抄下了这篇文章，并写下了阅读心得《树与人》，投稿到《中学生阅读》，很快就发表了。这也是段华关于孙犁最早的一篇文章。

在距离第一次阅读孙犁近十年后的1985年，段华在父母支持下，拿着150元开始了京津游，以便去见孙犁。在那年的7月5日，他终于第一次见到了慕名许久的孙犁。一年后的7月3日，他第二次见到了孙犁。

因为喜欢孙犁的文章，段华还做了不少田野调查，访问孙犁笔下的人物，实地察看孙犁写到的一些地方，用笔和相机记录下调查到的情况。在后来的岁月里，这些事都被段华记在了文章中，也都收进了这本《荷花的光影：孙犁之旅》中。这本书分为四辑，从四个方面记录了作者心中的孙犁：第一辑记录的多是作者和孙犁的交往，有细节，有史料；第二辑谈到的主要是孙犁作品的版本变化及传播；第三辑主要收录孙犁致段华的书信，这些书信让我们得以走近孙犁；第四辑多为作者阅读孙犁的研究文章，对读者理解孙犁极有帮助，观点鲜明，见识独特。

"不近人情"是外界许多人对孙犁的印象。然而，我们通过段华的《散射的霞光——传说之外的孙犁先生》《甘苦心自知》等文章，看到了一个温情的孙犁，一个慈祥的老人。孙犁对段华的关心无微不至，读书、写作、生活……还常送书给段华。一次，段华去看望孙犁，孙犁拿出早已准备好的三册捆扎在一起的书送给段华。这三本书有贾平凹的，还有汪曾祺的，并有"值得读"的评价。孙犁、汪曾祺一直是互相欣赏，孙犁对贾平凹也一直寄予厚望，只是在20世纪90年代之后来往少了。段华记录的细节，对研究孙犁和汪曾祺、孙犁和贾平凹的关系，也都是值得留意的。

现在的读者、研究者谈到孙犁首创的"书衣文"，分析他的《书衣文录》，多把它们当作一种日记，来论述孙犁的思想轨迹和生活状态。段华除了注意到这些之外，还认为"《书衣文录》不仅为孙犁晚年创作打下了文字的基础，也是孙犁书法艺术从一般到成熟，形成孙犁自己特色的一个过渡地带和时段"。

1975年是孙犁晚年比较重要的一年，一些关于孙犁的研究对此关注得不算多。但段华很敏锐地注意到了这一年对孙犁的特殊性。《笼子里的挣扎——1975年的孙犁》一文就是段华试图对"处于内忧外患、无可奈何，甚至有时陷入狼狈不堪的境地"的孙犁所做分析的成果。这篇文章篇幅近万字，在段华有关孙犁的文章中十分少见，也十分值得注意。另外尤其值得注意的还有《孙犁晚年的一场论战》一文，在文章中，段华比较公允地记叙了晚年孙犁这场笔战的经过以及后续影响。

《荷花的光影：孙犁之旅》是段华以一个晚辈、读者的身份，从个人视角记录的一个立体的孙犁，谈和孙犁的交往，谈孙犁的朋友圈，谈孙犁的为人和为文，谈孙犁著作的版本流通……许多记录细微、真实又生动，许多史料和书中的配图都是研究孙犁的第一手资料，而且还颇为翔实。毕竟，有些资料消失也就消失了，不会再有，也因此，这本书便更显可贵。另一方面，段华的记录和观点也很值得孙犁研究者关注。

从青少年时代开始，孙犁的为人和为文都深深地影响着段华，这是我看《荷花的光影：孙犁之旅》后最大的感触。即便孙犁对段华的影响再大，但在段华心中，"我从不敢说我是他的学生，连私淑弟子都不敢说"。在段华看来，他和孙犁的关系就是作者和读者、作家和崇拜者、老人和年轻人的关系。在我看来，正因为段华对自己如此定位，《荷花的光影：孙犁之旅》的价值才更值得注意。

段华阅读孙犁的作品已经超过了四十年，读着孙犁老去是段华的生活状态，也正是我所追求的。

黄卷青灯

《野味读书》是我买的、看的第二本孙犁的书。从此书开始，我进入了孙犁的文学世界，之后才买了《孙犁全集》，继而开始了近十年的孙犁阅读之旅。如孙犁年轻时根据鲁迅的书账购书一样，我买的书也常得自孙犁文章的指引。曾将他文中提到的书名记下，作为我的购书指南。

晚年孙犁写了为数众多的读书随笔，这个时候的孙犁已经"有了一些人生的阅历和经验"，对文艺书籍的"虚无缥缈、缠绵悱恻"不再感兴趣，从而转向了史籍和古代笔记的阅读。他自言是"晚年无聊，侧身人海。未解超脱，沉迷旧籍"。而他读旧籍，是为了用历史印证现实，也是用现实印证历史。只是"读中国历史，有时是令人心情沉重，很不愉快的"。

沉重的心情，在孙犁写下的文章中是很容易看到的。"行文之时，每每涉及当前实况，则为鄙人故习，明知其不可，而不易改变者也。"在文章中，他常忍不住把自身融入读过的书中，在这方面，我受其影响颇深。孙犁不是就书谈书，而是结合自己的阅历和经验教训谈人生。

年过六七旬的孙犁,多足不出户,在宅中面对黄卷青灯默默诵读。尤其是在读《史记》《前汉书》《后汉书》等古籍时,更是如此,一字一字地抠着读,反复读。阅读时忆及往事,每有所得,便记而成文。

他写《我的丛书零种》时,检阅顾修《汇刻书目》,见到书套而生发的感慨录在附记中:"今日面对,不只忆及亡人,且忆及一生颠沛,忧患无已,及进城初期,我家之生活状态。"这类附记文字在《书衣文录》中有很多,见性见情,让人不忍卒读。

孙犁的爱书很出名,他自己在文章中也多有提及。"人无他好,又无他能,有些余力,就只好爱爱书吧。"这是孙犁为自己爱书找的"借口"。早在保定上学时,他在紫河套地摊上买到了姚鼐编的《古文辞类纂》,后又专门买了二尺花布到裱画铺去做了个书套。他的爱书癖是青年时养成的,在往后的岁月中,书成了孙犁生死与共之物,也就"情理之常,不足为怪"。有他手书的《书箴》为证:"我之于书,爱护备至,污者净之,折者平之。阅前沐手,阅后安置。温公惜书,不过如斯。"

如此爱书惜书的孙犁,晚上做梦,梦到的也都是买书。当看到他晚年总结买书的经验时,我深以为然,并以亲身经历印证着他多年前就说过的话:"进大书店,不如进小书铺。进小书铺,不如逛书摊。逛书摊,不如偶然遇上。""青年店员,不如老年店员。""寒酸时买的书,都记得住。"和书买得多了所得到的经验一样,书看得多了,孙犁也总结了"三不读":言不实者不读,常有理者不读,文学"托姐"们的文章不可读。

在"三不读"之外,他看起书来,反"好读书,不求甚解"

而行之，遇到问题耿耿于怀，不弄清楚便如鲠在喉，有时还不免"说三道四"。在无书可读的年代，他从朋友的孩子处借得两册《大学语文》逐一抄录，有《论语》《庄子》《诗品》《韩非子》《扬子法言》《汉书》《文心雕龙》《宋书》《史通》等古籍的片段。也是在此时，孙犁才认识到，读书也是穷而后工的。

有些书真的应该重读。我初读《野味读书》是在2011年，当时刚到昭苏，人地生疏，整日与书为伍。如今离开业已四年。八年间，三读其书，所记如上。

花开两朵

汪曾祺和孙犁，是我除了鲁迅之外读得最多的两个作家。

在我心中，孙犁和汪曾祺如两座高峰，并肩相望。因为常把他们的作品放一起阅读，难免就会有所比较。后来发现，如我这样同时阅读他们作品的人还真不少。一个朋友前几天还在说："床头书一堆，翻来翻去还就是汪曾祺和孙犁的能随时打开看看，二十多年都读不够。"我没有他的阅读时间久，但近十年来，他们的作品真是一直在读，读不够。

作家苏北是资深"汪迷"，在读汪曾祺时，也不会忘了孙犁。苏北在谈汪曾祺的《晚饭花集》时说："汪曾祺是干净的。"之后，他又忍不住加了一句："孙犁也是干净的。"因为整篇文章谈的都是汪曾祺，后面一句可以说完全没必要，但苏北就是写上了。这肯定不是无意为之的，而是发自内心的印象深刻，所以在写作时就不自觉地流露了。

或许因为孙犁、汪曾祺作品的共同点很多，现在比较他们艺术成就的文章也很多。这方面，评论家李建军的《孙犁何如汪曾祺》给我留下了很深的印象。李建军指出了他们的相同点，更是在说他们的不同："孙犁的写作属于北方气质的写作，具有峻切而质实的特点，甚至有一种北方式的沉重和苍凉，尤其是晚年的写作，坚正而耿直，执意要将人们留在心上和身上的疤痕展露出来。而汪曾祺后期的写作，则属于南方气质的写作，显得欣悦而温和、轻逸而细腻，倾向于将自己记忆中的历历往事，以及当下所体验到的饮食的满足与游玩的快乐，津津有味地叙写出来。"

孙郁对两人也有过比较："汪曾祺晚年身边有许多青年人，这给他不少的快乐。孙犁做不到这一点，所以冷寂的东西多。"也许源于汪曾祺的"欣悦而温和、轻逸而细腻"，近年来，"汪曾祺热"一直持续不退，甚至有评论家说，汪曾祺的火热程度有高出其文学成就的趋势。现在的图书市场，汪曾祺的著作一出再出，书架无处不摆放着汪曾祺的书，这肯定不是汪曾祺乐意看到的。我的一个爱读汪曾祺作品的朋友甚至开玩笑说，汪曾祺本如"人参"，愣是被出版商炒成了"胡萝卜"。而孙犁相比较就沉寂得多。

目前，很少见谈论孙犁、汪曾祺之间交往的文章。看他们的年谱、传记，稍加检阅便发现，孙犁、汪曾祺似乎很少有交集，甚至都未曾谋面。汪曾祺去世后，他的子女写了一本《老头儿汪曾祺》，书中提到让汪曾祺服气的20世纪的三个小说家：鲁迅、沈从文、孙犁。这话除了在他的家人面前说过外，有时酒后也会吐露一二，这在一些回忆他的文章中也有被提到。作为北京京剧院编剧的汪曾祺，在七十五岁时还曾将孙犁的《荷花淀》等作品改编为电影剧本《炮火中的荷花》，这也是汪曾祺五十多年创作生涯中唯一的电影剧本。

此外，汪曾祺还在《铁凝印象》等文中几次谈到孙犁的小说，并深知孙犁嗜书如命。孙犁把书看得跟命一样金贵，这在他的许多文章中都有记录。相较孙犁的嗜书如命，汪曾祺就随意得多。汪曾祺也曾坦言，他看书毫无系统，是没有目的地读，所以看得很杂，随手抓起来就看，看得进去就接着看，看不进去就丢开。孙犁很讲究书的版本，对书的整洁要求也很高，从不折页，也不在书上涂写、做记号。而汪曾祺的一些读书随笔，基本没有提及书的版本之类的内容，而且他还习惯于在书上"圈点批注"。这对孙犁而言，简直是"受不了"。

汪曾祺虽没有专文谈论孙犁，但对孙犁的作品应该是比较熟悉的，在写作时也常能信手拈来。1992年，汪曾祺写《自得其乐》时，开头第一句就是："孙犁同志说写作是他的最好的休息。"孙犁也看汪曾祺的作品，但提到的很少，我现在看的《孙犁全集》，大概只有1984年写的《小说杂谈》中提及过："去年读了汪曾祺的一篇《故里三陈》，分三个小故事。我很喜欢读这样的小说，省时省力，而得到的享受，得到的东西并不少。它是中国的传统写法，外国作家亦时有之。它好像是纪事，其实是小说。情节虽简单，结尾之处，作者常有惊人之笔，使人清醒。……我晚年所作小说，多用真人真事，真见闻，真感情。平铺直叙，从无意编故事，造情节。但我这种小说，却是纪事，不是小说。强加小说之名，为的是避免无谓纠纷。所以不能与汪君小说相比。"

我在拙作《汪曾祺的书画》一文的结尾说："看汪先生的题画文字，常想起孙犁先生的《书衣文录》，这是真的。"当时写这篇文章时，依据的是百花文艺出版社出版的汪曾祺书画集《四时佳兴》。年初，期待许久的新版《汪曾祺全集》"千呼万唤始出来"，在第十一卷中也收入了六十余则汪先生的书画题跋。我在反复看这些题画时，将《书衣文录》找出来对照着看，真是一种很难忘的阅读经历。孙犁、汪曾祺两位先生均无日记留世，书衣文、题画文字成了他们的一种别样的日常记录。

总体而言，汪曾祺的题画诗文读起来较为轻松，这和他一贯的文学主张有关；孙犁的书衣文读起来沉郁得多，这也是由孙犁对文学的理解所决定的。或许，正如李建军所言："孙犁与汪曾祺之间，气质接近，趣味接近，文学理念接近，本应该心心相印、惺惺相惜才是。然而，他们虽然也曾谈及对方，但却并不频繁和深入。在他们之间，似乎存在着一种隐蔽的紧张关系。"

这种隐蔽的紧张关系表现在他们对许多事物看法上的迥异，比如孙犁和汪曾祺对周作人的看法和评价的大不同，即可作为其中的一例。再比如，他们在对待吃上，估计也鲜有共同语言。另外还有不同，汪曾祺的文章中就有提及，是在《谈风格》中："孙犁同志说他喜欢屠格涅夫的长篇，不喜欢他的短篇，我则正好相反。"《植物名实图考》《植物名实图考长编》是汪曾祺多次提及并翻得滚瓜烂熟的书。孙犁也有这两本书，甚至比汪曾祺买得更早，并在1975年为它们包了书衣，写的两则书衣文都很短，也都看不出态度和心情。

第三辑 青山依旧

书中安身心

在指导青年朋友进行文学创作时，孙犁告诫他们"要养成记日记的习惯"。但孙犁自己却由于生活漂泊等原因，鲜有日记。除了1950年3月25日、3月26日和1955年12月21日三天的日记外，不再有日记行世，至少我在《孙犁全集》中未再见到。孙犁自己也坦言："有很多人，记日记，一生不断，这实在是一种毅力，不管其内容如何，我对作者佩服得很。"

自己不怎么写日记的孙犁，却很爱读日记。《鲁迅日记》是孙犁熟读的，年轻时他就以《鲁迅日记》中书账的书目作为购书指南。后来，孙犁在整理图书、包书衣、写书衣文时发现，他的线装旧书见于鲁迅书账者"十之七八，版本亦近似"。除了《鲁迅日记》外，他细读过的日记至少还包括《曾文正公手书日记》《能静居士日记》《翁文恭公日记》《缘督庐日记钞》《郭嵩焘日记》《胡适的日记》《使西日记》《郭天锡手书日记》《汪悔翁乙丙日记》《翁文恭公军机处日记》《三愿堂日记》《西征日记》《秦輶日记》《越缦堂日记补》，甚至在1995年5月9日，八十多岁高龄的他还专门写过一篇《日记总论》。之后不久，孙犁就歇了笔。

说孙犁不记日记，指的是我们日常理解中的日记。但他还有其他方式的"日记"，此即是我们看到的《书衣文录》，这是孙犁自己说的："余向无日记，书衣文录，实彼数年间之日记断片，今一辑而再辑之。往事不堪回首，而频频回首者，人之常情。"

孙犁既然是把《书衣文录》当成日记在写，写作之初是没想过发表的。所以写《书衣文录》时，他抒发心情、表达对时事的看法以及臧否人物都不加修饰。他的"数年间之心情行迹"通过《书衣文录》得到了保存。后来，随着形势的变化，"大江之外，不弃细流"，孙犁便将之整理、汇集后分批发表，并收录在1981年河北人民出版社出版的《耕堂杂录》和之后的百花文艺出版社出版的《孙犁文集》第五册中。到了20世纪80年代中期，文路更为开放，孙犁也觉得自己已届垂暮，"行将已矣，顾虑可稍消"，便将之前觉得"有所妨嫌"的部分抄录整理，再次分批发表。

《书衣文录》的产生有它的时代背景。在《耕堂书衣文录》的序中，孙犁对此也有说明："七十年代初，余身虽'解放'，意识仍被禁锢。不能为文章，亦无意为之也。曾于很长时间，利用所得废纸，包装发还旧书，消磨时日，排遣积郁。然后，提书名、作者、卷数于书衣之上。偶有所感，虑其不伤大雅者，亦附记之。此盖文字积习，初无深意存焉。"于是，有了我们现在看到的《书衣文录》。据刘宗武梳理发现，孙犁写《书衣文录》最早开始于1956年，集中的写作就是在20世纪70年代的1974年至1976年，尤以1975年为最，在80年代偶尔为之，数量不多。而在90年代初期，孙犁集中所写的《甲戌理书记》和《耕堂题跋》，其实和《书衣文录》一脉相承，同样可以作为《书衣文录》来考量。到了1995年，孙犁已很少写新作，只是偶尔还包书衣，在书衣上写几句。至此，四十年时间都在书衣上留下了记录。

孙犁包书衣，确是为了"消磨时日，排遣积郁"，更是因为对书有挚爱，不然消磨时间的方式多了去了，何必去包书衣呢？孙犁孜孜不倦包书衣、写书衣文，其实都是一种寄托。正如他于1975年12月30日在《明清画苑尺牍》上所题："此一年又在修装书籍中度过，仍不能自克自宽也。"1992年，孙犁已经九十高龄，在《宋司马光通鉴稿》上记下了他的装书小史，"余自七十年代起，裁纸包书近二十年，此中况味，不足为他人道。今日与帮忙人戏言：这些年，你亲眼所见，我包书之时间，实多于看书之时间。然至今日，尚有未及包装者。此书即其中之一，盖书太大，当时无适合之纸耳"。

为了包书衣，孙犁到处找纸，纸荒也时有出现。1975年2月5日晚上在《小说枝谈》书衣所记文字，即与此相关："余中午既装《小说考证》竟，苦未得皮纸为此书裹装。适市委宣传部春节慰问病号，携水果一包，余亟倾水果，裁纸装之。呜呼，包书成癖，此魔怔也。又惜小费，竟拾小贩之遗，甚可笑也。"

后来，孙犁的包书成癖闻名周围，同事们都帮他搜罗"废纸"，这在《书衣文录》中也有记录，他在《广群方谱》上是这样写的："余近年用废纸装书，报社同人广为搜罗，过去投于纸篓者，今皆塞我抽屉，每日上班，颇有收获。远近友朋，率知此好。前数日冉淮舟从文化局资料室收得破碎纸一捆送来，选裁用之，可供一月之消闲也。"这是1975年11月9日早晨"又记"的。这样的"又记"，完全就是为了说包书纸的事。此外，"中午食鸡，碎骨挤落一齿"也被他写在了书衣上。真是十足的"日记"。

孙犁在书衣上"提书名、作者、卷数于书衣之上。偶有所感，虑其不伤大雅者，亦附记之"，应该也是有心存练笔的想法。练笔，一为练习书法，一为练写文章，保持一种创作的状态。"文化大革命"结束后，孙犁能很快调整状态写出现在被称为"耕堂劫后十种"丛书的十本书，是和他在被迫停笔期间大量写书衣分不开的。

《书衣文录》在孙犁的所有作品中，有着独特的地位，从中可以看出孙犁的心路历程，更是考察孙犁晚年生活和心态的重要依据。《书衣文录》每则所记，文字都不多，少则十余字，至多也不过千字左右。所记内容，有与书相关的，更多的则是心情和生活琐事的记录。《中国小说史略》条目所记，虽是书事，更是叹人生聚散无常。而《扬州画舫录》上所记，只有一句"邻居送信，今晚将有地震"，时间是1975年3月7日。在《七修类稿》上也只写了一句"近日情状，颇似一篇聊斋故事"，惜手边无孙犁年谱或传记，无从得知"情状"详情。在几天后的1975年3月17日晚上，他写在《现存元人杂剧书录》上的文字则有"有晚离不如早离之想"之句。再后来，1994年12月5日，孙犁在检书至《十国春秋》时，他题"忽见书衣上有连日所记与张离异前之纠纷，颇伤大雅。乃一一剪下，贴存于他处……"想来"聊斋故事"都与此有关。在《六十种曲》书衣上，孙犁则分别记了四次，前三次均是当时的生活琐事记录，却很有价值，是其他文章无可替代的。而题在《陈老莲水浒叶子》上的文字，虽不长，实是篇悼亡之作。1989年3月31日写在《胡适红楼梦研究论述全编》上的文字，则是他近日身体状况的真实记录，这在《书衣文录》和其他文字中也是不多见的。《郑堂读书记》上记的是1975年9月22日的见闻，"今日所闻：周沱昨日逝世，才女而薄命者也。行政科为半间房在佟楼新闻里打人，致一青年名三马者当场服毒而死"。

《书衣文录》单行本出版以来，不断有新版本出来。其实孙犁生前，《书衣文录》已经成为阅读的热点，孙犁在文章中说："晚年偶有感触，多记于书衣之上，为关心我的友朋看中，成为阅读的热点，实在出乎我的意料。"近年，百花文艺出版社更是推出了《书衣文录》手迹版，在欣赏孙犁文章魅力的同时，也让人得以一窥孙犁的书法之美。手迹版的出版，让我们看到了《书衣文录》的原始记录，有些条目和发表出来的差别很大，这也是当时孙犁将《书衣文录》当日记来写的另一种体现。日记毕竟是私密性的，一旦要发表，孙犁就有了顾虑。他为姜德明题《津门小集》的手迹是："回忆写这些文章时，每日晨五时起床，乘公共汽车至灰堆，改坐'二等'，至白塘口。在农村午饭，下午返至宿舍，已天黑。然后写短文发排，一日一篇，有时一日两篇。今无此精力矣。然在当时，尚有人视为'不劳动''精神贵族''剥削阶级'者。呜呼，中国作家，所遇亦苦矣。德明同志邮寄嘱题，发些牢骚以应之。"而我们看到的发表版本是这样的："回忆写作此书时，我每日早起，从多伦道坐公共汽车至灰堆。然后从灰堆一小茶摊旁,雇一辆'二等',至津郊白塘口一带访问。晚间归来,在大院后一小屋内,写这些文章。一日成一篇,或成两篇,明日即见于《天津日报》矣。此盖初进城,尚能鼓(贾)老区余勇,深入生活。倚马激情,发为文字。后则逐渐衰竭矣。"《知堂谈吃》的书衣手迹和正式发表出来的文字,同样也有很大的改动。如有心人将之一一对照,应该会有更多的发现。孙犁的谨小慎微是一以贯之的。

在《战争与和平》的书衣上,孙犁用短短的几句话总结他的一生:"余幼年,从文学见人生,青年从人生见文学。今老矣,文学人生,两相茫然,无动于衷,甚可哀也。"或许,真如孙犁所言:"能安身心,其唯书乎!"

孙犁的文论

1982年，在孙犁所生活的天津，百花文艺出版社给已年届七十的孙犁出版了一套五本的《孙犁文集》。在文集的自序中，孙犁简略地谈了他的生活经历、创作经历以及对文艺的看法。其中，他专门谈到了对文艺批评的看法："我们的文艺批评，要实事求是，是好就说好，是坏就说坏。不要做人情，要提高文艺评论的艺术价值。"

多年来，孙犁对文艺评论的意见是一以贯之、没有变过的。在一篇《读画论记》中，孙犁对当时的文论予以毫不留情的批评："近年文论，只有两途，一为吹捧，肉麻不以为耻；一为制造文辞，所谈法理一般，就很像佛经一样，即便'静参'，也难明了，理论家之这一习惯，不分绘画、文学，根深蒂固，没有大智大勇，很难逃出这个圈子。"

同样的感觉，汪曾祺也有。在美国时他给家人写信说："对近几年五花八门、日新月异的文艺理论看得更少。这些理论家拼命往前跑，好像后面有一只狗追着他们，要咬他们的脚后跟。"这是在美国做《谈作家的社会责任感》的演讲前讲的"题外话",他记在了家书中。熟悉汪曾祺的人都知道,他很少说很重的话,可见他对这样的现象是看不下去的。在另一篇作品《小说陈言》中,他更直言:"我深感目前的文艺理论家不是在谈文艺,而是在谈他们自己也不懂的哲学,大家心里都明白,这种'哲学'是抄来的。"

汪曾祺、孙犁的创作有很多相同之处,但不同之处更多,他们能同时感觉到文艺评论方面的问题。我们看孙犁的文论得知,许多针砭时弊之文并不是无的放矢,而是针对性很强。孙犁写有大量的文艺评论及其他读书类文章,上面提到的《孙犁文集》中就有很多。在文集出版的次年,人民文学出版社就出版了《孙犁文论集》,书中所收文章写作时间跨度超过了四十年。

这本《孙犁文论集》寒舍有精装本,为一位北京的长者所赠。在我所读的孙犁著作中,算是出版年代较早的一本。在这本文论出版之后,孙犁还写了大量的读书随笔,之后便有《孙犁书话》《耕堂读书记》等书出版,我也都找来看了,近期还准备重翻一遍。

孙犁的文论写作历史几乎和他的创作同步,20世纪40年代初期,他就发表了为数不少的文艺创作谈和评介作家作品的文章,其中的部分也收入在《孙犁文论集》里。孙犁的许多文章,尤其是20世纪50年代给初学写作者写的《论培养》《论情节》《论风格》等几篇文章,把生活提到了很高的高度,生活对文学创作所起的至关重要作用往往为我们所忽略,"写作,要想得多一些,写得少一些;我们的毛病是写得多一些,想得少一些",孙犁写此时是1951年。在这些文章中,孙犁真是苦口婆心,从怎么体验生活、认识生活到怎么阅读小说,方方面面都有讲到,写这些文章时,孙犁三十岁左右。

我年轻的时候,在《孙犁全集》中就拜读过这些篇章,当时很不以为意。一些年来,在创作中走了许多弯路后回头再看,发现孙犁之言多是经验之谈,是一个在文学之路上用心行走之人沿路做过的醒目标识,可惜被我这样后来走过的人忽略了。有些路,只好重新退回来再走,该补的课还得补。所以,在时隔多年后重读《孙犁文论集》也是一种补课。

孙犁一生谨小慎微,在文论写作中却"胆大妄为",不怕得罪人,敢言他人所不敢言。他借谈欧阳修散文,道今文之弊,横扫一大片。而他之所言,却都是实际存在并长期存在的。孙犁当然也有夸人的时候,1981年4月30日看了贾平凹发表在《天津日报·文艺周刊》上的《一棵小桃树》,他认为"这是一篇没有架子的文章",并专门写文章来谈贾平凹的这篇散文。在文章中,他还借贾平凹的短文来谈散文的长与短,并言"好文章,短小是一个重要条件"。

金梅是文艺评论家,对孙犁的评论也卓有见识。孙犁在给金梅的《文海求珠集》写序时指出了他心目中评论家的职责:"从作品中,无所子遗地钩索这些艺术见解,然后归纳为理论,归结为规律。"孙犁认为评论者对作品应该有定见,评论文章要"力求做到有学有识"。1980年,孙犁写了一篇《〈文艺评论〉改进要点》,实可以作为孙犁的关于文艺评论的宣言或者文艺评论观来看。

孙犁一生尊鲁(鲁迅),早在1941年,孙犁就出版过《鲁迅·鲁迅的故事》，后来孙犁还写过为数很多的关于鲁迅先生的专文，尤其是每临近鲁迅先生忌日，孙犁就有纪念文章，在其他文章中提及鲁迅处就更是数不胜数了。在孙犁的青年时代，他爱读鲁迅已经"达到了狂热的程度"，省吃俭用地买到一本鲁迅的书，"视若珍宝，行止与俱"。早在上中学时，孙犁每天一下课就迫不及待地奔赴图书阅览室，靠在书架上，读鲁迅先生发表在《申报·自由谈》上的文章，当时为了应对检查，鲁迅不停地变化笔名，"但他的文章，我是能认得出来的，总要读到能大致背诵时，才离开报纸"。这是在1977年，孙犁忆起四十多年前的旧事，恍如昨日。

认识一个孙犁文章的爱好者，他看了很多孙犁的文章，为人处世上多学孙犁，写作当然学的也是孙犁。只是看他的文章，看他在朋友圈或者群里的聊天，开口必提孙犁，只是言语中一副居高临下的指教，读其文章，架子端得十足。此为我之观人、我之学习孙犁的警诫，不知在他人眼中，我是否也是如此？这是我常扪心自问的。同时，孙犁所言的"以百纸写小人之丑事，不若以一纸记古人之德行，于心身修养，为有益也"也应时常谨记。

记读孙犁

二十几岁时，曾通读过一遍《孙犁全集》。此后十年间，也还在陆续读。读的主要是他的读书随笔和文论，诸如《书衣文录》《耕堂读书记》《孙犁文论集》等选本更是一读再读。十年后，年近不惑，重读《孙犁全集》，读的主要是第五卷及其后几卷。记下笔记若干，是为此。

读《晚华集》

《晚华集》是"耕堂劫后十种"丛书的第一本。孙犁认为书中所写，是旧事、往事、琐事。收在集子里的文章，多写于1977年及稍后，孙犁写得慎重，或许是心有余悸。停笔近二十年未写的孙犁，"各方面都很生疏"，写作也是"先从回忆方面练习"，是以一篇篇成文，并于1979年8月结集出版。

当然，我们现在知道，孙犁先生所言的"从回忆方面练习"并不是先从《晚华集》开始的。在此之前，孙犁一直沉迷于包书衣，并于书衣上记录所感，即为后来发表、出版的《书衣文录》。

这是题外话，现在言归正传，继续谈《晚华集》。

孙犁劫后重读《山地回忆》《荷花淀》等旧作，也常常有许多感慨成文。在写作之初，孙犁便知道，文学必须取信于当时，方能传信于后世。他在六十多岁想起年轻时写的文章，有总结，有反思："年轻时写文章，好立大题目，摆大架子，气宇轩昂，自有他好的一方面，但也有名不副实的一面。"虽然他自认为早期作品"都是时代的仓促的记录，有些近于原始材料"，但孙犁对这些记录是珍视的。他的全集是把能收集到的文章都放进去了，没有因为悔其少作或者其他什么原因，在编文集、全集时选择性收入的情况，这在现当代作家中都是极少的。

现当代作家中像孙犁这样极重视现实主义写作的也不多见。孙犁重视现实主义，并以自身的创作来践行，他的许多文论和书信里都有专门的论及。他读《聊斋志异》，也觉得"是一部现实主义的书"，还分析《聊斋志异》的现实主义成就。他读《庄子》，读出的也是现实主义，认为"庄子的寓言，现实意义很强烈"，"庄子之所以夸张，正是为了表现现实生活中的具体细节"。同样，他读《红楼梦》，读出的也是现实主义之作，"是经历了人生全过程之后，在丰富的生活基础上，产生了现实主义，而严肃的现实主义，产生了完全创新的艺术"。正因为此，他当初读到茅盾的《子夜》时的激动，是可以想象得到的。

《子夜》出版时，孙犁正上高中，是在图书馆借着看完的，还写了一篇读书心得投给开明书店办的《中学生》杂志，文章登在年终增刊上，得了两元钱的书券，正好去开明书店买了一本花布面精装本的《子夜》。后来，书在抗日战争期间损失了。近五十年后想起来，孙犁对此念念不忘。

也是因为对现实主义的注重，孙犁"很喜欢柳宗元的文章"，尤其柳宗元对"现实生活的深刻剖析的艺术能力"让孙犁称道，所以他对编入柳宗元外集，而不是柳文典范之作的《河间传》都能读得细致入微。

《晚华集》里怀人的篇目不少，写到的有沙可夫、邵子南、远千里、侯金镜、郭小川、何其芳、马达、赵树理等友人，追忆老友，他只写自己所知，即便如此，也是写得很慎重，顾虑很多，修改几次，"或碍于时间，或妨于人事；既要考虑过去，也要顾虑将来"。

同集中有一篇《谈柳宗元》，说到古代的文体"诔"，说到柳宗元纪念友人、友人纪念柳宗元，"纪念死者，主要是为了教育生者"。他在写沙可夫、邵子南等文艺领导时，就专门强调了他们懂得领导文艺，是"为了教育生者"。

所谓懂得，用孙犁之言来说，无外乎是"从事创作不妨有点洁癖，逐字逐句，进行推敲，但领导文艺工作，就得像大将用兵一样"。

读《澹定集》

"澹定"，出自王夫之的《楚辞通释》。孙犁很喜欢"澹定"二字，还专门请韩大星刻了图章。和其他许多作家一样，孙犁也面临着"为一本书命名"的难题。于是，"澹定"便作为了"本集的书名"。经过《晚华集》《秀露集》的适应，孙犁的笔力愈健,《澹定集》和随后的《尺泽集》的写作时间几乎都未到一年。

孙犁此时的写作如他自己所言,是"衰老之年忆及青春旧事"。所以我在看这些时,也难免会忆及一些和书相关的旧事。

2018年9月,我在北京参加青创会。其间,乡友请吃饭,将吴泰昌先生请了出来。几个安徽人在首都吃着、聊着,吴先生满头银发,精神很好。久仰吴先生的大名是因为孙犁,他和孙犁之间的对话,他们的通信,我都读得熟。那天本想和老先生聊聊孙犁,当然是他说我听。终因是初次见面,不好开口把话题引到此。

在孙犁眼里,吴泰昌"是一位很干练的编辑,很合格的编辑","在工作上,非常谦虚",这些话是孙犁在给吴泰昌的《艺文轶话》写序时说的。熟悉孙犁之人都知道,上述之言,当然不是客气话,孙犁也不太会说客气话。从《读冉淮舟近作散文》《关于"乡土文学"》《祝衡水〈农民文学〉创刊》等文章中便可知孙犁的耿直。

此次重看《澹定集》,书的第一篇就是《答吴泰昌问》。阅读时忆起和吴先生的一面之缘,后悔当初没"喧宾夺主"地引导下话题,那就多看看文章吧。孙犁的观点多在他的文章里,尤其是在他的读书随笔、文论中,他毫不隐瞒观点。

《澹定集》多读书随笔。在读书记、给他人的序、书简中,孙犁多阐述他的文艺观。在写给丁玲的信中,他如是说:"在我写的一些短小评论中,都贯彻着我这些信念。"孙犁的信念之一是,"坚信生活是主宰,作家的品质是决定作品的风格的"。也因为此,他在许多谈创作经验的文章里,一再强调生活积累的重要性，把生活的高度提得很高。孙犁谈创作经验，真是以本身的经验来谈创作，他还很重视反面经验的教训，认为多吸取反面教训可少走弯路。孙犁如此面面俱到，以金针度人，惠及后来年轻人颇多，此惠一直至今，还将继续下去。

孙犁的金针度人还表现在他主持的报纸副刊上培养了很多作家。此处，我用"培养"二字，孙犁大概是不会同意的。《成活的树苗》是一篇很短的文章，之前几次阅读都很少留意到，谈的依旧是"培养"。孙犁的观点也一以贯之，对报刊培养出了成名的作家，认为"是不合事实的"，是"贪天之功，掠人之美"。

在契诃夫逝世五十周年的1954年，孙犁写了一篇《契诃夫》。十年后的1963年，他看了《给契诃夫的信》，觉得是一本"最好的作家的传记"，从中对契诃夫有了更多的了解，在和冉淮舟通信时，又分享了他对契诃夫的认识、理解，是对《契诃夫》一文的补充。孙犁分析契诃夫作品，觉得"朴素和真实"是其作品的主要特色。读孙犁作品可以发现，这也是孙犁作品的主要特色，是孙犁一直以来的追求，到晚年尤甚。

孙犁的朴素首先在于语言。对语言，孙犁的态度是"中学为体，西学为用"，"不能只读外国小说，语言还是以民族语言为主"，如他在给贾平凹的信中所言的"写中国式散文"，"读国外的名家之作"。对语言的运用，无技巧可言，唯有"自然"二字。信奉"自然"的孙犁，讨厌创作中拿架子、装腔作势，这在他的文论、书简中时常提到，尤其在和青年通信时，多有告诫。也是在给贾平凹的信中，孙犁直言中国当代有些名家的散文有个"架子大"的缺点，"文学作品一拿架子，就先失败了一半"，孙犁称贾平凹的散文是"不拿架子的散文"。

或许源于对贾平凹散文的认可，或许因为文艺观相近，当孙犁看到贾平凹的散文《一棵小桃树》后，当天就写了篇《读一篇散文》来谈贾平凹的作品，借贾平凹之文来谈散文长之弊病，并亮明观点："好文章，短小是一个重要条件。"半个月后，在和贾平凹通信时，又进一步阐述了他的观点。孙犁此文写于1981年，四十多年过去，散文的短长之争还在继续，大概还会接着争论下去，没完没了地继续下去。

读《尺泽集》

1981年12月22日，临近元旦，孙犁回顾过去的一年，写下了短文《新年杂忆》，文分三节，互不相干，是真正的杂忆。其中第一节是谈他的写作，分析晚年写文章的两个方向：散文和读书的随想。而散文，自言"多数是回忆自己的过去"。在其他文章中，孙犁认为"人的一生之中，青年时容易写出好的诗；壮年人的小说，其中多佳作"，而老年人"宜于写写散文、杂文"。

无论是散文，还是读书感想，孙犁写起来"字斟句酌，反复推敲"，也都"出于至诚，发自热心"。这是实话，从他的文章里是一眼可知的。回忆自己的过去，当然包括失业居家时订报纸的事了，在《报纸的故事》中，孙犁写了近五十年前订《大公报》的旧事。孙犁在汇去一个月的订报款时还寄去了两篇稿子，后来孙犁当然期待着稿子能刊登出来，只是一个月报纸看完，也未见稿子登出来。后来，孙犁知道其中一篇《北平的地台戏》刊发了,并作为附录收在了《尺泽集》中。另一篇《故都旧书摊巡礼》其实当时也刊发出来了,只是孙犁并不知,甚至晚年也不知。

在看《尺泽集》时,恰好看到张金声的《孙犁的一篇佚文》,谈的即为"两篇稿子"中的一篇。从《孙犁的一篇佚文》中得知,《故都旧书摊巡礼》刊在1934年10月25日、26日《大公报》13版上,比《北平的地台戏》还早一个多月刊登。只是"因了编辑疏忽,此文刊发后,竟然未署著作者名字",为此,27日13版专门刊登了"本刊小启",对前文作者做了说明。这些,孙犁当然是不知道的。

《报纸的故事》里勤俭持家的妻子,成了《亡人逸事》里的主人公,孙犁写此文时七十岁,回忆起结婚四十年的亡妻,"我有许多事情,对不起她,可以说她没有一件事情是对不起我的"。四十年后,我们重读此文,依旧含泪。在不长的篇幅里,孙犁克制记叙,他们的四十年里,"相聚之日少,分离之日多;欢乐之时少,相对愁叹之时多",写此文时的孙犁,几乎每晚都会梦见亡妻,而文章所记的还都是"一些不太使人伤感的片段"。此文真是怀人的典范之作啊。

孙犁青壮年时写了不少小说,名篇很多,晚年在写《小说杂谈》时,涉及小说的取材、抒情手法、结尾、精髓等方方面面,都是经验之谈,很多观点已是定论。其中《谈名实》一文,谈的是编辑与作者之间的培养问题,这已是孙犁的第三次谈培养了,此前已有《论培养》和《成活的树苗》二文。我在看这几篇文章时,常想到孙犁和年轻人之间的关系,晚年他除了和铁凝、贾平凹等年轻人通信外，还一再撰文，评论、推介、鼓励他们，继而在出书时写序。

1982年4月7日晚的天津有大风，还降了温，孙犁披着棉袄在灯下写《再谈贾平凹的散文》，自言从《一棵小桃树》后，遇到贾平凹的散文就愿意翻开看看，并觉得看贾平凹的散文是"一种享受"，"也是一种消遣"，能给人以"风调雨顺，五谷丰登，光亮和煦，内心幸福的感觉"。分析贾平凹的散文，特点在于"细而不腻，信笔直书，转折自如，不火不温"，"出于自然，没有造作，注意含蓄，引人入胜"。

两个月后，孙犁又给《贾平凹散文集》作序，真可谓厚爱有加。此时，贾平凹三十岁，孙犁六十九岁。2020年，贾平凹一口气推出了《暂坐》《酱豆》两部长篇小说，仿佛是一转眼，贾平凹也将到孙犁给他写评论、作序的年纪。

后 记

呈现在眼前的这本小书，依旧和我生活多年的伊犁息息相关。书中所写，都与伊犁及我行走过的大地有关，作为一种生活的记录，这是一次比较集中的呈现。

在伊犁生活得越久，越来越怯于动笔，少了当初初来伊犁时"初生牛犊不怕虎"的写作气势。如今，年届四十，气势渐渐褪去，下笔愈发迟钝、慎重。

这些年在伊犁，工作、生活之余阅读，也写下了为数不少的读书随笔，这些纸上行走的思考和收获，依旧和伊犁相关。

本书得以出版，得益于张映姝等老师的费心操持，书中的插图，是请好友、画家王志强专门创作的。本书如果还有一点看点，和上述诸位师友的努力是分不开的。

在此一并致谢。

屈指算来，到新疆已经整整二十年了。在伊犁的生活也超过了十六年。十六年来，伊犁的富饶和厚重，我还远远没有写出，这将是我今后努力的方向。

最后，谨以此书记录我在新疆二十年的生活。

毕　亮
2024年6月24日于伊犁